처단

그 날 계 엄 을
막 지 못 했 더 라 면

정 보 라 소 설

상상스퀘어

이것은 어디에도 기록되지 않은 이야기이다.

병원이 습격당했을 때 그녀는 아내와 함께 12층 병실에 있었다. 복도가 어수선해졌을 때 그녀는 솔직히 별로 신경 쓰지 않았다. 병원, 특히 입원실이 있는 병동은 전체적으로 조용한 듯하면서도 언제나 술렁거

린다. 밤이나 낮이나 사람이 오가고 몇 시간에 한 번씩 주기적으로 의료진이 커다란 카트를 끌고 다니며 검사를 하고 점검을 하고, 새벽부터 환자가 이동하고 새 환자가 들어오거나 나가는 일이 끊임없이 벌어진다. 바로 며칠 전에도 한밤중에 새 환자가 급히 실려왔다. 다음 날 오전에는 '코드 블루'가 울려 퍼졌다. 그래서 그녀는 같은 층 환자 누군가가 위독해졌거나 면회객이 유달리 많이 찾아온 모양이라고만 생각했다.

비명이 울렸다.

이어서 커다란 폭발음이 들려왔다. 고막이 찢어질 듯 날카롭고 위협적인 소음이었다. 천장과 벽이 진동했다.

"무슨 소리야?"

아내가 말하며 침대에서 일어나 앉으려

했다.

"왜 저래?"

그녀는 아내를 말리며 침대 리모컨을 찾아서 아내의 손에 쥐여주었다. 아내는 큰 수술을 마치고 중환자실에서 일반실로 이동한 지 일주일도 되지 않았다. 수술하고 봉합한 상체에 힘을 줄 수 없어서 아내는 혼자 힘으로 일어나는 것은 꿈도 못 꾸고 침대에서 돌아누울 때도 그녀가 도와주어야 했다. 그녀의 아내는 리모컨을 받아들고 버튼을 눌렀다. 낮은 소음과 함께 침대 윗부분이 천천히 일어나기 시작했다.

그때 병실 미닫이문이 부서질 듯 거세게 열렸다. 무장한 군인들이 병실 안으로 몰려들었다.

"뭐예요?"

그녀가 벌떡 일어섰다.

"왜 이래요?"

군인 한 명이 총을 치켜들어 개머리판으로 그녀의 얼굴을 내리쳤다. 그녀의 아내가 비명을 질렀다. 군인들이 달려들어 그녀의 아내를 침대에서 끌어냈다.

그녀의 아내는 자기 힘으로 일어설 수 없었다. 목과 팔에는 수액과 약이 들어가는 바늘이 꽂혀 있었고 수술 자리에서는 체액과 피를 배출하는 배액관이 몸 밖으로 연결되어 그 끝에는 둥근 달걀 모양 플라스틱 배액 주머니가 주렁주렁 매달려 있었다. 군인들이 여러 가지 관을 잡아당기자 수액과 약을 걸어놓은 금속 수액걸이가 딸려왔다. 수액걸이가 문틀에 걸렸다. 군인들이 그녀의 아내 몸에 연결된 관을 아무렇게나 잡아

뜯었다. 그녀의 아내는 고통과 공포에 질려 비명조차 지르지 못했다. 수술에서 아직 완전히 회복하지 못한 몸 곳곳에서 피와 체액이 흘러나왔다. 환자복이 순식간에 붉은색, 갈색, 진분홍색으로 물들었다. 한 무리의 군인들이 그녀를 때리고 짓밟는 사이 다른 한 무리가 그녀의 아내를 끌고 나갔다. 그녀는 끌려 나가는 아내의 이름을 부르다 군화발에 머리를 맞고 한순간 정신을 잃었다. 곧 그녀도 군인들에게 끌려 나갔다.

그것이 마지막이었다.

포고령
───────────────────────────
4. 사회혼란을 조장하는 파업, 태업, **집회행위**를 금한다.

수거 대상: 민노총

(성범죄자 가짜 무당의 수첩)

"우리 같은 피라미는 아무도 안 잡아
가."

처음 계엄령이 선포되었을 때, 겁에 질
린 그녀에게 아내가 웃으며 말했다. 그녀의
아내는 노동조합 상근자였다. 그녀도 같은
노동조합의 조합원이었다. 한밤중에 대통
령이 계엄을 선포하는 모습을 텔레비전 화
면으로 목격하고 두 사람은 잠시 어찌할 바
를 몰랐다. 곧 노동조합 임원과 조합원들에
게 연락이 오기 시작했다. 노동조합 간부들
은 해고된 여러 노동자가 모여 공장에서 농
성하고 있는 투쟁현장을 지키러 갔다. 조합
원들은 노동조합 사무실을 지키기로 했다.

"아무래도 오늘 밤은 사무실에서 새야겠지?"

그녀의 아내가 쾌활하게 말하며 담요와 베개 대용으로 쓸 작은 쿠션, 갈아입을 옷과 세면도구 등을 가방에 넣기 시작했다.

"괜찮겠어?"

그녀가 걱정했다. 그녀의 아내는 입원과 수술을 앞두고 있었다. 진단서를 첨부한 휴직계도 이미 제출했고 본부장은 휴직을 승인했다. 주치의와 논의해서 결정한 입원 날짜는 이제 일주일도 남지 않았다. 수술 날짜는 입원하고 3일 뒤였다. 입원한 뒤에 여러 가지 검사를 해야 하고, 그 결과에 따라 수술 날짜를 조금 조정해야 할 수도 있다고 했다. 그래도 크게 변동은 없을 것이라고 의사 선생님은 두 사람을 안심시켰다. 지금

부터 일주일 뒤에 입원. 입원하고 3일 뒤에
수술.

　"일단 가서 봐야지."

　그녀의 아내가 명랑하게 대답했다.

그녀는 퀴어문화축제에서 아내를 만났
다. 6월에 서울에서 시작한 퀴어문화축제
는 다른 지역에서도 차례차례 열렸다. 아내
는-그때는 아직 아내가 아니었지만-여름
의 서울광장에서, 가을에는 다른 지역에서
도 퀴어문화축제의 노동조합 부스에서 배
지와 티셔츠를 팔고 있었다. 그녀는 여름에

아내가 파는 배지를 샀고 가을에는 아내의 부스에서 티셔츠를 샀다. 늦가을에서 초겨울로 넘어가는 싸늘한 계절에 그녀는 또 다른 지역에서 차별금지법 제정을 위한 평등 행진에 참여했다가 아내를 다시 만났다.

"그때 퀴퍼에서 저희 티셔츠 사지 않으셨어요?"

아내가 그녀에게 먼저 인사했다.

"배지도 샀어요."

그녀가 수줍게 말했다.

기온은 낮았지만 하늘은 맑았고 가을 오후의 따뜻한 햇볕이 길을 데우고 있었다. 출발할 때는 추웠지만 조금 걸으니 금방 땀이 나고 더워졌다. 그녀는 겉옷을 입었다가 벗었다가, 가방 안에 넣었다가 다시 꺼내 입느라 행진대열 뒤쪽으로 처졌다. 아내는 그녀 옆에서 느긋하게 걷고 있었다.

"좀 들어 드릴까요?"

아내가 물었다. 그녀의 짐을 보고 하는 말이었다. 그녀는 후드집업과 카디건과 목도리와 가방과 생수를 손에 들고 어느 것부터 가방에 넣어야 할지 혹은 휴식 지점까지만 이대로 전부 들고 걸을지 궁리하는 중이었다.

"아니에요."

그녀가 사양했다. 아내가 다시 물었다.

"힘들지 않으세요?"

"귀찮긴 한데요… 필요할 것 같아서 다 꺼내 들고 있어요."

그녀가 조금 창피해하며 대답했다. 아내는 웃었다. 두 사람은 그렇게 친해졌다.

알고 보니 그녀와 아내는 세월호 농성장

에서도 만난 적이 있었다. '달빛 행진'에서 미수습자들의 이름을 부르며 같이 걸었던 적이 있었다. 서울광장에서 열린 퀴어문화 축제에도 몇 번이나 같이 참가했다. 게다가 나이도 비슷했다.

"우리 서로 왜 몰랐지?"

아내는 이렇게 말하며 웃었다.

휴식 지점에 도달해서 행진이 잠시 멈추었다. 차별금지법제정연대 활동가들이 과자와 음료수를 나눠주었다. 아내가 과자 봉지를 받아 그녀에게도 가져다주었다. 그녀는 집에서 가져온 간식을 아내와 나눠 먹었다. 행진이 다시 출발했다. 아내는 그녀와 함께 또다시 대열 끝에서 천천히 느긋하게 걸었다.

"그때 나 꼬시려고 네가 일부러 느리게

걷는 줄 알았지."

나중에 그녀가 말했다.

아내는 빨리 걷지 못했다. 서둘러 움직이면 곧 숨이 차서 걸음을 멈추고 쉬어야 했다. 노조 상근자가 되기 전에 아내는 오랫동안 비정규직으로 일했다. 아내의 폐는 점점 나빠지고 있었다.

"내 폐 줄까?"

그녀가 말하면 아내는 얼굴을 찡그리며 고개를 흔들었다.

"농담이라도 그런 끔찍한 소리 하지 마."

그녀는 진담으로 한 말이었다.

아내는 결국 직장을 그만두었다. 부모님이 있는 고향으로 돌아가겠다고 했다. 그래서 그녀가 결혼 이야기를 꺼냈다. 법적인 혼인관계를 맺을 수 없더라도 결혼식을 계획하고 진행해 줄 사람, 결혼식에 와줄 사람, 결혼을 축하해줄 사람은 주변에 충분히 있었다.

그녀의 말을 듣고도 아내는 어쩐지 수심이 가득한 표정이었다.

"부모님한테 얘기 안 했어?"

그녀가 물었다. 아내는 한숨을 쉬었다.

"좋은 남자를 만나면 마음이 달라질 거래."

그녀는 고개를 끄덕였다. 그런 대화 끝에 그녀는 가족과 연락을 끊었다. 충분히 이해했다.

아내가 진짜로 걱정하는 것은 따로 있었다.

"나 앞으로도 한동안 일을 못 할지도 모

르는데.”

아내가 한참 동안 망설이다 물었다.

“나 먹여 살려줄 수 있어?”

“다 큰 어른 둘인데 어떻게 되겠지.”

그녀가 호기롭게 대답했다. 사실 그녀라고 별달리 떼돈을 벌 방법을 생각해둔 것은 아니었다. 그저 아내와 함께 있고 싶었다. 어떻게든, 곁에 있고 싶었다.

병원에 등록된 그녀의 공식적인 신분은 아내의 ‘간병인’이었다. 의사에게는 친척이라고 말했다.

수술해서 폐의 굳어진 부분을 떼어내고, 중환자실에서 회복하고, 그 뒤에 일반 병실로 옮기고, 입원 기간 동안 무엇을 조심하고 퇴원한 뒤에 어떤 생활을 해야 하는지 그녀는 의사의 말을 모두 꼼꼼하게 기록했다. 위생이 중요하다는 말에 아내가 사용할 수건과 속옷과 수저와 밀폐용기를 전부 새로 샀다.

"입원이 아니라 무슨 이사하는 거 같네. 저게 다 들어가려나 모르겠다."

아내가 목쉰 소리로 이렇게 말하고 웃었다. 그녀도 웃으며 아내의 손을 꼭 잡았다.

변두리의 거리는 춥고 어두웠다. 가로등 불빛만이 텅 빈 거리를 쓸쓸하게 비추고 있었다. 그녀는 덜덜 떨리는 손으로 차를 몰았다. 노동조합 사무실로 가려면 좁은 골목으로 들어가야 했다. 골목에는 무사히 들어갔지만 사무실 건물 앞에 차를 주차할 때 그녀는 후진해서 차로 건물 계단을 올라갈

뻔했다.

사무실에 상근자와 조합원이 모였다. 커다란 업무용 컴퓨터 화면에 띄워놓은 뉴스 특보 화면 속에서 머나먼 국회 앞을 시민들이 막아서고 국회의사당 안에서는 의원 보좌관들이 소파와 책상을 쌓아 바리케이드를 만들어 계엄군에 맞서고 있었다. 그녀는 아내와 아내의 동료들과 함께 국회의장이 재석 국회의원 만장일치로 계엄해제 결의안을 통과시키는 모습을 화면으로 지켜보았다.

"괜찮을 거라고 내가 그랬잖아."

그녀의 아내가 사무실 소파에 누우며 말했다. 아내의 얼굴이 창백했다. 그녀는 가방에서 담요를 꺼내 덮어주었다.

4일 뒤인 주말, 국회에서 대통령 탄핵소

추안이 부결되었다. 대통령은 그 직위와 권한을 유지하게 되었다. 야당들은 즉각 탄핵소추안을 재상정했다.

그녀는 아내와 함께 병원으로 향했다. 첫 번째 계엄령이 선포된 날 사무실에서 아내가 머리를 받쳤던 작은 베개와 덮고 잤던 담요, 세면도구와 갈아입을 옷은 입원할 때 그대로 들고 갔다. 밤낮 없이 두 시간에 한 번씩 의료진이 들어와 혈당과 혈압과 심박수를 재고 피를 뽑고 하루에 한 번씩 엑스레이를 찍었다. 자기공명영상(MRI)을 찍기 위해 금식하면서 아내는 배고프다고 불평했고 그녀는 조그만 보호자 침대에 몸을 웅크리고 밤낮없이 두 시간에 한 번씩 누군가 들어와 잠을 깨우는 생활을 3일간 버티고 나자 수면 부족으로 멍해져 버렸다. 아내가 수술실에 들어간 날 그녀는 병원 1층 로비 의자에서 하루를 보냈다. 새벽 5시부터 깨서 마지막 혈당 검사, 혈압 검사, 심박수 검사 등을 마치고 아내는 수술을 받기 위해 코에 콧줄을 꽂고 아프고 불편하다고 불평했고 계속해서 의료진이 와서 이것저것 검사하고 금식했는지 화장실에 다녀왔는지 물었다. 아내는 의료진의 안내에 따라 잠옷같이 생긴 일반 환자복을 가운 형태의 수술용 환자복으로 갈아입고 긴 머리를 모아 부직포 모자 속에 넣고 이동 침대 위에 누웠다. 그녀는 수술실 앞까지 따라갔다.

"더 이상은 들어오실 수 없어요."

의료진이 친절하지만 단호하게 말했다.

"수술 끝날 때쯤 연락이 갈 거예요. 너무 걱정하지 말고 기다리세요."

그래서 그녀는 기다렸다. 아내의 휴대폰 전원을 끈 채 주머니 속에 소중하게 넣고 그녀는 병원 로비에 앉아 있다가 잠들었다. 그것은 편안한 잠은 아니었다. 선잠과 졸음 사이에서 헤매다가 그녀는 깨어나 병원 식당에 점심을 먹으러 갔다. 식당 안이 조용했다. 모든 사람이 전부 한쪽 벽에 걸린 텔레비전 화면을 쳐다보고 있었다. 그래서 그녀도 화면을 쳐다보았다. 또 대통령이다. 또 계엄이다. 또 포고령이다. 아내와 함께 병원에 들어온 이후로 입원실 안에서도, 휴게실에서도, 식당에서도 텔레비전 프로그램마다, 진행자마다 계속해서 계엄과 포고령 이야기를 반복했다. 그녀와 아내가 있는 12층 병동 휴게실에서도 뉴스를 보자는 사람과 채널을 돌리자는 사람, 계엄은 싫지만 대통령은 옳다고 큰 소리로 말하는 사람과 그 뒤에서 욕하는 사람 사이에 수시로 싸움이 났다. 그녀는 수면 부족과 아내의 수술에 대한 두려움과 걱정으로 흐릿해진 눈으로 아무것도 이해하지 못하는 채 화면을 잠시 쳐다보다가 밥을 마저 먹고 다시 1층 로비 의자로 돌아갔다. 로비에 사람이 많아서 앉을 자리가 없었다. 그녀는 수술실이 있는 5층으로 갔다. 수술실 앞에는 환자 가족이나 보호자가 대기할 공간이 아예 없었다. 그녀는 원무과가 있는 3층으로 내려갔다. 원무과 앞에는 앉을 자리가 있었다. 그녀는 앉아서 졸았다. 그러다가 목과 허리가 아파서 잠에서 깼다. 일어섰다. 더 이상은 잠을 잘 수 없었다. 다시 1층으로 내려갔다. 매점에서 커피를 샀다. 저녁까지는 시간이 너무 많이 남아 있었다. 정확히 저녁 몇 시에 수술이 끝나는지는 알 수 없었다. 그녀는 담당 의료진에게서 전화가 올 때까지 1층에서 5층 사이를 배회했다.

창문 없는 방에 끌려가서 묶인 채 두들겨 맞으면서 그녀는 과거의 다른 어떤 순간보다도 이날을 가장 많이 떠올렸다. 묶인 몸속으로 전기가 지나가 경련을 일으킬 때 그녀는 1층 로비에서 수술실 앞까지 에스컬레이터를 타고 혹은 비상계단을 통해 오르내리며 아내를 기다리던 시간들을 생각했다. 그때로 돌아가고 싶어질 것이라고, 그때는 상상도 하지 못했다. 그때로 돌아가고 싶었다. 그때는 아내를 다시 만날 희망이 있었다. 수술을 마치고 병이 낫고 건강해지는 아내 곁을 지킬 수 있다는 예정과 계획이 있었다.

　그녀의 아내가 수술받은 날 대통령은
2차 계엄을 선포했다.

첫 계엄 선포와 국회의 탄핵소추안 부결 이후 전국 곳곳에서 매일같이 여러 가지 집회가 벌어졌다. 그녀가 병원 1층 로비와 5층 수술실 앞을 오가며 아내가 수술실에서 살아 나오기를 기원하고 있을 때 거리에서 그녀와 아내의 동료들은 2차 계엄에 반대하는 집회를 진행했다. 경찰이 아닌 계엄군이 집회에 모인 사람들을 무력으로 진압하고 영장 없이 체포, 구금했다.

포고령

1. 국회와 지방의회, 정당의 활동과 정치적 결사, 집회, 시위 등 일체의 정치활동을 금한다.

(헌법 **제21조** ①모든 국민은 언론·출판의 자유와 집회·결사의 자유를 가진다. ②언론·출판에 대한 허가나 검열과 집회·결사에 대한 허가는 인정되지 아니한다.)

그녀와 아내의 동료들은 어떻게 될지 이미 알고 있었다. 그래서 그녀와 아내의 동료들은 휴대폰을 비롯한 전자기기를 거주지에 놓아두고 집회에 나갔다. 좀 더 경계심이 강하고 비관적인 사람들은 대통령이 2차 계엄을 선포하자마자 휴대폰을 망가뜨리고 칩을 빼서 버렸다. 아내가 수술받는 동안 그녀에게 아무도 전화하거나 연락하지 않은 이유가 이것이었다. 동료들이 할 수 있는 한 그녀와 아내를 보호하려 했기 때문이다.

집회는 전국에서 계속 열렸다. 대한민국에서 정치적으로 가장 보수적인 성향을 보인다는 지역도 예외는 아니었다. 민주노총 지역본부가 매일 집회를 진행했다. 지역을 대표하는 국립대학교 교수가 '시국농성단'이라는 커다란 검은 글자를 손으로 쓴 새빨간 깃발을 들고 학교 정문에서 집회 장소까지 학생들과 함께 행진해 왔다. 매일같이 열리는 집회에서 지역 노동조합 소속인 청년 여성 활동가가 그날의 새 소식을 요약해서 전달했다. 청소년 참가자, 장애인 참가자, 성소수자 참가자가 무대에 올라 발언했다. K-팝 음악이 흥겹게 울려 퍼지는 가운데 청년들이 깃발을 들고, 시민들이 응원봉을 들고 행진했다. 지역 방송국이 집회 참가자들의 이런 모습을 촬영했고 참가자들은 카메라 앞에서 서로 응원봉을 내밀며 자신이 사랑하는 아이돌 그룹을 영업했다. 이런 모습은 서울을 비롯하여 전국의 어느 지역이라도 다르지 않았다.

국회에서 두 번째 탄핵소추안 투표가 이루어지던 날 지역 시민이 도시 중앙의 왕복 7차선 대로를 가득 메웠다. 아이를 데리고 나온 부모, 가게를 닫고 나왔다는 자영업자, 탄핵과 '영광'의 메시지를 적은 커다란 피켓을 든 종교인 들이 시내를 행진했다. 생전 처음 집회에 참석해본다고 긴장된 얼굴로 토로하는 참가자들 옆에서 이미 첫 비상계엄 선포 직후부터 계속 거리에 나왔던 사람들이 사탕과 핫팩을 나눠주었다. 대로 한가운데 설치된 대형 화면 속에서 국회의장이 대통령 탄핵소추를 그날의 안건으로 상정했다. 사람들은 모두 자리를 잡고 앉았다. 거리가 조용해졌다.

국회의원들은 탄핵소추안 표결을 마치지 못했다. 완전무장한 군인들이 본회의장 문을 부수고 난입하는 모습이 실시간으로 전국에 방송되었다. 추운 거리에 앉은 사람들은 화면 속에서 일어나는 폭력과 살상을 지켜보며 그대로 얼어붙었다.

"저거 사실이가?"

누군가 물었다.

"진짜로 지금 국회 안에서 저러고 있다 말이가?"

사람들이 웅성거리기 시작했다. 한 명씩, 두 명씩 자리에서 일어섰다.

일어선 사람들은 어디에도 가지 못했다. 차량 진입을 통제하던 경찰이 삼각콘을 치웠다. 그리고 화면 속의 모습과 똑같이 완전무장한 군인들이 이미 집회 참가자로 가득한 거리에 쏟아져 들어왔다. 대로는 삽시간에 아수라장이 되었다. 군인들은 총의 개머리판으로 집회 참가자들을 때리고 군홧발로 짓밟으며 무차별적으로 폭행하고 체포하기 시작했다.

"이게 머 하는 짓이고! 대한민국은 민주공…"

군인을 꾸짖던 시민의 말이 끝나기 전에 총소리가 울렸다. 피가 튀었다.

이제는 모든 사람이 비명을 지르며 모든 방향으로 내달렸다. 도망칠 곳은 없었다. 지하철역 입구와 대로 사이사이의 골목은 경찰이 전부 막고 서 있었다. 대로 가장자리, 상점가로 연결되는 보도는 군인들이 점령했다. 상인들이 밖을 내다보려고 가게 문을 열고 고개를 내밀면 군인들이 총구를 얼굴 앞에 들이밀었다. 상인들도, 가게 안에 있던 손님들도 겁에 질려 문을 잠그고 안쪽으로 몸을 숨겼다.

알은 이 모든 광경을 촬영했다.

원래 이름은 좀 더 길었지만 한국 사람들이 발음하기 어려워해서 그는 자신을 그냥 '알(AL)'로 소개했다. 그는 이주노동자로 처음 한국에 왔다. 일해서 돈을 모아 한국에서 대학원에 진학했다. 그리고 대학원에서 만난 동료와 결혼하고 한국에 귀화했다. 대학원 졸업을 앞두고 그는 한국 사회와 이주노동자의 삶에 대한 논문을 쓰고 있었다. 대통령이 비상계엄을 처음 선포했다가 국회에서 재적 의원 과반수 이상의 찬성으로 계엄이 해제되는 과정을 지켜보면서 그는 새로운 논문 주제가 눈앞에 나타났다고 생각했다. 물론 자신이 소속된 학과를 포함해서 모든 사람이 다 비상계엄을 주제로 논문을 발표할 것이다. 그 정도는 충분히 예상할 수 있었다. 그러나 바로 그렇기 때문에, 다들 같은 주제로 논문을 발표한다면 그도 뒤처질 수는 없었다. 그래서 그는 집회에 참가하고 사진과 동영상으로 자신의 경험을 기록했다. 비상계엄은 그의 학위 논문 주제와 거리가 멀었다. 집회의 경험이 어떤 식으로 학술적인 결과물이 될 수 있는

지도 자세히 생각해본 적이 없었다. 어쨌든 그는 우선 전부 기록했다. 어떻게 활용할지는 나중에 논문 쓰면서 생각하면 된다.

군인이 자신을 바라보는 것을 눈치채고 알은 재빨리 핸드폰을 숨겼다. 군인이 달려와 그의 얼굴에 총부리를 들이댔다. 그러나 바로 발포하지는 않았다. 알의 얼굴을 보고 군인은 한순간 망설였다. 알은 그 순간을 놓치지 않았다.

"I am tourist! Tourist!"

(나 관광객이에요! 관광객!)

알은 일부러 영어로 말했다. 알은 한국어를 유창하게 구사할 수 있었다. 알은 한국인이었다. 지금은 그 사실을 숨겨야만 했다.

"찍지 마!"

군인이 위협적으로 외쳤다.

"핸드폰 내놔!"

"No speak Korean! Don't know Korean!"

(한국어 못 해요! 한국어 몰라요!)

알이 다시 외쳤다. 다른 군인이 앞으로 나섰다.

"Give me your phone!" (핸드폰 내놔!)

다른 군인이 영어로 명령했다. 알은 고분고분 핸드폰을 내놓았다.

군인은 알의 손에서 핸드폰을 낚아채 땅바닥에 던졌다. 핸드폰 화면이 부서졌다. 군인이 바닥에 뒹구는 핸드폰에 대고 총을 쏘았다. 알은 하늘을 향해 두 손을 든 채로 눈을 감았다.

군인은 천천히 몸을 굽혔다. 총에 맞아 구멍이 뚫리고 완전히 망가진 알의 핸드폰을 집어 들었다. 그리고 정중하게 알에게 내밀었다.

"Now you go." (이제 가.)

군인이 말했다.

알은 핸드폰을 받아들었다. 그리고 빠르게 걷기 시작했다. 어디로 가는지 모르면서 알은 서둘러 걸었다. 집으로, 아내와 아이가 있는 집으로 살아서 가고 싶었다. 아내와 아이를 껴안고 싶었다. 알은 골목으로 접어들었다. 경찰은 알의 얼굴을 보고 붙잡지 않았다. 알은 달리기 시작했다.

집에 돌아와서 알은 아이를 껴안고 아내에게 입맞추었다. 손의 떨림이 가라앉을 때까지 시간이 오래 걸렸다. 숨을 쉴 수 있게 되고 나서 알은 아내에게 이야기했다. 아이를 재우고 밤늦게까지 오랫동안 알은 아내와 진지하게 이야기를 나누었다. 아내가 집안을 뒤져 오래전에 처박아둔, 지금은 쓰지 않는 핸드폰을 찾아주었다. 알은 오래된 핸드폰을 받아들었다. 아내를 껴안았다. 잠든 아이의 이마에 입맞추었다. 그리고 알은 집을 나섰다.

차가운 밤이었다. 알은 주위를 돌아보며 빠른 걸음으로 집 앞 골목을 지나 큰길을 향해 걸어 나갔다.

거리는 조용했다. 골목의 집들은 모두 불이 꺼져 있었다. 늦은 밤이기 때문이기도 했지만, 사람들이 겁에 질려 있기 때문이기도 했다. 큰길에는 차가 다니지 않았다. 차로에 총을 든 군인들이 띄엄띄엄 떨어져 서 있었다. 알은 돌아서서 다시 골목으로 들어왔다. 집에서 최대한 멀리 떨어진 곳으로 가려 했지만, 이렇게 되면 걷는 수밖에 없었다. 동이 트기 전에, 혹은 군인들의 눈에 띄기 전에 얼마나 멀리 갈 수 있을지 알은 집 주변 골목 지도를 머릿속으로 그리며 계산했다.

동이 트기 전에는 집으로 돌아가야 한다. 사실은 당장 돌아가고 싶었다. 꼭 돌아가겠다고 그는 아내에게 약속했다. 잠든 아이의 부드러운 이마에 다시 입맞추고 싶었다. 잠자는 아이의 고른 숨소리를 듣고 싶어서, 너무 듣고 싶어서 눈물이 날 것 같았다. 알은 천천히 심호흡했다. 그리고 주위를 돌아보며, 사방을 경계하며 있는 힘껏 걸음을 재촉했다.

번화가조차도 조용했다. 모든 건물에 불이 꺼져 있었다. 팬데믹이 한창일 때 같았다. 가로등만 스산하게 하얀 불빛을 비추고 있었다. 비상계엄보다 차라리 바이러스가 나았다고 알은 냉소적으로 생각했다. 팬데믹이 세상을 덮쳤을 때는 대로에 군인들이 총을 들고 서 있지 않았다.

알은 오래된 핸드폰을 꺼냈다. 전원을 켰다.

공공 와이파이는 아직 작동했다. 알은 공공 와이파이에 접속했다. SNS에 익명 계정을 새로 만들었다. 새 아이디를 정하고 가짜 메일주소를 입력하는 손가락이 덜덜 떨렸다. 가입을 마치고 알은 클라우드로 자동 전송된 영상과 사진 들을 SNS에 공유하기 시작했다.

한국의 이른바 대통령이 아무 이유 없이 2차 비상계엄을 선포했음을, 군인들이 대도시의 거리를 점령했음을, 계엄군의 총에 사람들이 죽고 다치고 있음을, 알은 목숨 걸고 세상에 알렸다.

그리고 알은 번화가의 건물 뒤로 돌아갔다. 거리에는 쓸만한 쓰레기통이 보이지 않았다. 건물 뒤에는 예상대로 쓰레기봉투가 쌓여 있는 장소가 있었다. 알은 아내가 챙겨준 손수건과 손세정제를 꺼냈다. 손수건에 손세정제를 듬뿍 묻혀 핸드폰을 서둘러 닦았다. 급한 상황에서 할 수 있는 한 꼼꼼하게 닦은 뒤에 알은 핸드폰을 땅에 내던졌다. 발로 밟았다. 그리고 핸드폰을 발로 차서 쓰레기봉투 사이로 깊숙이 밀어 넣었다.

모든 작업을 마치고 알은 서둘러 골목으로 들어갔다. 집까지 무섭고 먼 길을 가야 했다. 알은 하늘을 쳐다보았다. 이제부터 숨쉬기 힘든 날들이 계속될 것임을 알은 알고 있었다. 새까만 하늘 한구석에 걸린 가느다란 그믐달을 바라보며 알은 조그맣게 한숨을 쉬었다.

"누구야!"

뒤에서 거친 목소리가 외쳤다. 알은 반사적으로 돌아보았다.

"움직이지 마!"

군인들이 그의 얼굴을 향해 총을 겨누고 있었다. 알은 하늘을 향해 양손을 번쩍 들었다.

"너 누구야! 통금인 거 몰라!"

한 군인이 외쳤다. 알은 정신을 차리고 서둘러 외쳤다.

"I'm tourist! I'm tourist!"

(나는 관광객입니다! 나는 관광객이에요!)

"투어리스트?"

소리 지른 군인이 의심스럽다는 표정으로 알에게 다가왔다. 총 끝으로 알을 툭툭 쳐서 밀었다. 알은 군인이 밀고 치는 방향대로 걸어 가로등 아래로 갔다. 하얀 불빛 아래 서자 군인이 고함쳤다.

"패스포트!"

"No… no passport. I don't have passport."

(여권 없어요. 지금 안 가지고 있어요.)

"노 패스포트라고?"

군인이 알의 말을 반복했다. 뒤를 돌아보며 다른 군인들과 한두 마디 주고받았다. 그리고 다시 총 끝을 움직였다.

"There! Walk!" (저쪽! 걸어!)

군인이 말했다. 알은 시키는 대로 걸을 수밖에 없었다.

총을 든 군인들 앞에서 알은 천천히 걸

어 군용 트럭에 다가갔다. 트럭 앞에서 군인이 알의 손목에 수갑을 채웠다. 그리고 군인들이 알을 들어 올리다시피 트럭 짐칸에 밀어 넣었다.

트럭이 출발했다. 알은 자신이 어디로 끌려가는지 알지 못했다.

잠든 아이의 숨소리를 듣고 싶었다.

"완전 난리가 났드라고요, 마."

SNS에 익명으로 공유된 계엄군의 사진과 영상은 삽시간에 퍼져 나갔다. 구미에서 불탄 공장을 지키던 노동조합 사람들도 그 영상과 사진을 보았다. 지역본부 상근자들이 전부 노동조합 사무실에 모여 긴급 회의를 열었다. 첫 번째 비상계엄이 선포됐을 때도 바로 이 사무실에 지역본부 상근자들이 모여 회의했다. 옥상 위에서 고공농성 300일을 넘기고 있는 두 여성 노동자를 보호할 대책을 마련하기 위해서였다. 2월 중순에 본사 사람들이 시 공무원들과 철거반을 끌고 들이닥쳤을 때는 오전 내내 대치한 끝에 충돌 없이 마무리하고 사측을 돌려보내는 데 성공했다. 그러나 계엄군은 전혀 다른 이야기였다. 영상 속에서 계엄군은 대화나 협상이 통하지 않았다. 군인들은 종이 피켓 한 장을 손에 들고 거리에서 행진하는 사람들에게 실탄을 발사했다.

"이렇게 되믄 사람이 먼저 살아야 할 거 아입니까."

경북본부 상근자가 노동조합 지회장에게 말했다. 지회장은 얼른 대답하지 못했다. 공장을 지키고 싶었다. 고공농성은 이제 1년이 되어가지만 공장에서 농성한 지는 2년이 넘었다. 처음에는 불탄 공장을 재건해 달라고 회사에 요구했다. 회사가 화재 보험금을 충분히 받았기 때문이다. 그러나 회사는 노동자들의 요구를 전혀 듣지 않고 무조건 공장을 청산하고 구미에서 철수하겠다고 주장했다. 그래서 노동자들은 공장 재건은 포기할 테니 다른 지역에 있는 자매 공장에 고용승계를 해 달라고 요구했다. 회사의 대답은 같았다. 무조건 공장을 청산한다. 스스로 퇴직하지 않는 노동자는 모두 해고한다. 그래서 조합원들은 불에 타지 않고 온전히 남아 있던 사무실 건물에서 농성을 시작했다. 회사가 구미시청에 공장 철거를 신청하고 시청이 철거를 승인하자 여성

노동자 두 명이 새벽에 불탄 공장 옥상에
올라 농성을 시작했다.

포고령
_____
4. 사회혼란을 조장하는 파업, 태업, 집
　회행위를 금한다.

　첫 비상계엄이 선포되었을 때 이른바 계
엄사령관을 자처한 육군대장은 포고령에
서 '파업, 태업, 집회행위'를 금지했으나
농성은 금지하지 않았다. 육군대장이 쿠데
타만 잘 알고 농성은 안 해봐서 모르는 모
양이라고 조합원들은 농담했다.
　2차 비상계엄이 선포되고 계엄군이 거
리를 뒤덮으면서 상황은 달라졌다. 공장에
군인들이 바로 들이닥치지 않은 이유는 단

지 그곳이 비수도권 지역의 산업단지였기 때문이다. 서울이 아닌 곳에도, 대도시가 아닌 지역에도 사람이 산다는 당연한 사실을 계엄정권과 반역자들이 잠시 잊었기 때문이다.

사무실 안에서 노조 조합원들은 옥상을 지키는 동료 두 명과 전화를 연결하여 회의를 진행하고 있었다. 사람이 먼저 살아야 한다는 말에는 지회장도 동의했다. 그러나 어디로 가서 어떻게 해야 살 수 있단 말인가. 이 질문에는 선뜻 대답할 수 없었다.

사무실 창밖에서 자동차 소리가 들려왔다. 조용한 한밤이라 차량 엔진 소리가 사무실 안까지 뒤흔드는 것 같았다.

"차가 와요."

옥상 위의 수석부지회장이 전화기를 통

해서 말했다.

"한두 대가 아니에요."

이어서 옥상 위의 조직부장이 알렸다.

사무실에 있던 사람들이 모두 밖으로 뛰어나왔다.

공장 주차장으로 이미 차들이 줄지어 들어오고 있었다. 군용 차량이 아니었다. 자가용차, 스포츠용 차량이었다. 소형 승합차도 한 대 있었다. 차가 멈추고 시동이 꺼졌다. 그리고 익숙한 얼굴들이 차에서 내리기 시작했다.

"걱정이 돼서 왔지요, 그 동영상 보고 통잠이 안 와서."

호남에서 농사를 짓는 시민이 달려 나온 지회장을 보고 말했다.

"그 위는 좀 괜찮아요?"

충청도에서 온 기록활동가가 옥상을 지키는 사람들을 올려다보며 안부를 물었다.

"그래서 이제는 어떻게 되는 거예요?"

강원도에서 농장을 경영하는 시민이 소심하게 물었다. 같이 달려온 갈색 강아지가 반려인간 옆에서 말없이 꼬리만 흔들었다.

연대하는 사람들은 어디에나 있었고 어디서나 달려왔다. 지회장이 먼 길을 달려온 동지들을 사무실로 안내했다. 사무실이 북적북적해졌다. 회의가 전혀 다른 양상을 띠기 시작했다.

고공농성이 333일을 맞이했을 날에 계엄군이 공장에 들이닥쳤다. 군인들은 가장 먼저 공장 입구에 세워놓은 구조물을 쓰러뜨리고 현수막을 찢었다. 이어서 군용 트럭이 찢어진 현수막을 짓밟으며 부지 내로 진입했다. 군인들이 사무실 건물의 문을 부수고 안으로 들어갔다. 사무실 건물 안에는 아무도 없었다. 화장실과 창고까지 샅샅이 뒤진 끝에 정말로 아무도 없음을 확인하고 군인들은 밖으로 나왔다. 마당에서 불탄 공장 옥상을 향해 포위되었으니 투항하라고 방송했다. 옥상 위에서는 아무도 대답하지 않았다. 농성천막 지붕만이 바람에 펄럭펄럭 흔들릴 뿐이었다.

계엄군은 총을 든 채 사무실과 공장 건물 안을 뒤졌다. 사다리를 찾아냈다. 군인들이 사다리를 놓고 공장과 연결된 출하장 옥상으로 줄줄이 올라갔다. 총부리로 천막 입구를 걷고 좁은 내부로 난입했다. 천막 안에는 아무도 없었다.

농성하던 사람들은 모두 흔적 없이 사

라졌다. 군인들은 아무도 체포하지 못했다. 아무도 죽이지 못했다.

연대하는 동지들은 어디에나 있었다. 옥상을 지키던 노동자들과 옥상을 지키는 동지들을 지키던 사람들은 훗날을 기약하며 뿔뿔이 흩어졌다. 쌀을 키우고 닭을 키우고 배와 자두를 키우던 사람들은 먹고 살수 없을 만큼 쌀값이 떨어지고 배와 자두와 닭이 모두 더위에 말라죽는데도 아무것도 하지 않는 정부를 상대로 오래전부터 싸우고 있었다. 옥상을 지키는 노동자들을 위해 직접 키운 쌀을 보내고 직접 담근 김치를 보내던 사람들은 노동자들과 함께 공장을 떠나 각자 흩어져 집으로 돌아갔다. 어쨌든 일손이 늘었으니 동지와 힘을 모아 땅을 일구면 쌀이 자라고 배추가 자랄 것이었다. 살아만 있으면 언젠가 좀 더 좋은 날이 올 것이다. 기다릴 수 있었다. 함께 살아 있을 수만 있다면.

대통령이 불법적인 첫 번째 비상계엄을
선포한 날은 세계 장애인의 날이었다. 장애
인권단체 활동가들은 예산 확보를 요구하
며 국회 인근에서 1박 2일 집회 중이었다.
첫 번째 비상계엄이 해제되고 나서 장애인
활동가들은 국회의사당역 지하에 농성장
을 만들고 국회 앞에서 열리는 집회에 꼬박

꼬박 참여했다. 두 번째 탄핵소추안이 국회에서 부결되고 직위를 보전한 대통령이 다시 한번 비상계엄을 선포한 직후 계엄군이 국회의사당역 지하의 장애인 농성장을 습격했다. 계엄군은 서명탁자를 뒤엎고 농성 천막을 부수었다. 항의하는 장애인 활동가들을 휠체어에서 끌어내려 물건처럼 바닥에 내팽개친 뒤 총으로 때리고 발로 밟았다. 그리고 피투성이가 된 장애인 활동가들을 지하철역 바깥으로 끌고 가기 시작했다.

비명을 듣고 사람들이 모여들었다. 국회 앞을 밤새 지키며 집회를 이어가던 시민들이 지하철역 안으로 달려 들어왔다.

"뭐 하는 짓이에요!"

끔찍하게 다친 채 끌려가는 장애인 활동가와 총을 든 계엄군을 보고 시민들이 소리쳤다. 많은 사람이 휴대폰을 꺼내 장애인 활동가들의 상황을 촬영했다. 지인에게 메신저로 전송하고 SNS를 통해 불특정 다수와 공유했다.

"어디로 데려가는 거예요!"

시민들이 계엄군의 앞을 막고 장애인 활동가들이 끌려가지 않도록 붙잡으며 외쳤다. 군인들은 앞을 막는 사람에게 총을 쏘았다.

지하철역 안이었다. 밀폐된 공간에서 총알이 사방으로 튀었다. 시민들은 도망치다 총에 맞고 쓰러졌고, 쓰러진 시민에게 발이 걸려 다른 시민들이 넘어졌다. 피와 비명으로 지하철역 안이 아수라장이 되었다. 장애인 활동가들은 속절없이 계엄군과 시민 들 아래 깔렸다. 총알보다도 도망치는 사람들에게 밟히고 쓰러진 사람들에게 눌리며 장애인 활동가들은 심한 부상을 입었다. 계엄군은 자신들이 쏜 총알이 튀어 총상을 입었다. 그리고 스스로 입힌 총상과 피에 흥분해서 더욱 무차별적으로 총을 난사하기 시작했다.

쓰러진 시민들이 손에 든 휴대폰에 피가 튀었다. 휴대폰이 총에 맞거나 바닥에 떨어져 깨지고 부서졌다. 총성, 핏방울, 쓰러지는 사람들의 모습이 휴대폰 화면을 통해 그대로 전송되었다.

학살의 밤에 국회의사당과 그 인근 지역에 있지 않았던 장애인 활동가들은 다음날 서둘러 혜화동으로 모였다. 인권단체 사무실이 지하철역 바로 뒤에 있었기 때문이다. 장애인 콜택시는 계엄령과 함께 운행이 중단되었다. 일반 택시는 대부분 휠체어 사용자를 태우려 하지 않았다. 전동휠체어는 일반 택시에 들어가지 않았다. 장애인 활동가들은 저상버스를 기다려서 타거나 지하철을 이용해서 사무실로 이동했다.

특정 교통공사 소속의 특정 지하철역 역장은 장애인을 증오했다. 특정 지하철역 역장이 '특정 장애인 단체'라 부르는 장애인권단체 활동가들이 출근 시간대에 지하철 선전전을 한다는 것이 그 이유였다. 그래서 특정 지하철역 역장은 장애인 활동가들이 이른 아침에 지하철을 타고 이동하여 자신이 근무하는 지하철역에서 내려 엘리베이터를 기다리며 모여 있는 모습을 보고 장애인 활동가들이 또 지하철 선전전을 하려는 것으로 오해했다. 특정 지하철역 역장은 특정 교통공사 직원들에게 지하철 선전전을 막으라고 명령했다. 특정 교통공사 직원들은 엘리베이터로 몰려가서 장애인 활동가들을 둘러쌌다. 장애인 활동가들은 그저 엘리베이터를 타고 지상으로 이동해서 인권단체 사무실로 가려던 것뿐이었다. 그래서 활동가들은 이런 사정을 설명했다. 물론 특정 교통공사 직원들은 언제나 그렇듯이 장애인이 하는 말을 듣지 않았다. 장애인 활동가들이 엘리베이터를 타게 해 달라고 요구하자 특정 교통공사 직원들은 엘리베이터 앞을 막고 경찰을 불렀다. 경찰은 계엄군에 '특정 장애인 단체'가 포고령을 어기고 집회를 하고 있다고 보고했다.

총을 든 계엄군이 지하철역 안으로 들이닥치는 모습을 보고 특정 지하철역 역장은 기뻐했다. 계엄군은 엘리베이터 앞에 모여 소리치는 사람 모두를 향해 총을 쏘았다. 특정 지하철역 역장과 특정 교통공사 직원들이 먼저 총에 맞았다. 계엄군은 피를 흘리며 쓰러진 특정 교통공사 직원들과 역장을 엘리베이터 앞에 버려두고 장애인 활동가들을 불법으로 연행하기 시작했다. 마침 엘리베이터 앞이었으므로 계엄군은 장애인 활동가들을 엘리베이터에 밀어 넣고 지상으로 올라갔다. 그리고 활동가들을 휠체어에서 강제 분리해서 군용 트럭에 짐짝처럼 밀어 넣었다.

특정 교통공사 직원들과 역장의 시체는 아무도 건드리려 하지 않았다. 국회의사당역에 이어 혜화역에서도 계엄군이 총기를 난사하자 기관사는 혜화역에 정차하지 않기로 했다. 지하철을 타지 못하게 된 시민들은 피 흘리는 시신들을 피해 밖으로 도망쳤다. 피범벅이 된 지하철역에는 특정 교통공사 직원들과 역장의 시체만 남았다. 지하철은 혜화역을 건너뛰고 정상 운행했다.

단단은 색깔을 버렸다. 탄핵안이 국회에서 부결된 날 단단은 집으로 돌아가 자신의 모든 색깔을 꼼꼼하게 삭제했다. 가방에서 노란 리본과 보라 리본을 떼었다. 열쇠고리에 달려 있던 무지개 곰인형을 떼었다. 핸드폰 뒤편에 붙어 있던 보라색, 흰색, 녹색 깃발 스티커를 떼었다. 여섯 색깔 무지개

운동화끈을 빼고 검은색으로 갈아 끼웠다.
무지개무늬 양말과 손목보호대를 서랍 속
깊이 감추었다.

포고령
───────────────────────────
6. 반국가세력 등 체제전복세력을 제외
   한 선량한 일반 국민들은 일상생활
   에 불편을 최소화할 수 있도록 조치
   한다.

　　단단은 배가 가라앉았을 때를 기억했다.
자식 잃은 부모들이 수학여행에서 돌아오
지 못한 아이의 사진을 안고 전원 구조했다
고 거짓 보도한 방송사에 모여 어버이날 밤
을 지내고 청운효자동 주민센터 앞에 앉아
새벽을 맞이했던 때를 기억했다. 경찰은 자

식의 사진을 껴안고 찬 바닥에 앉은 부모들을 둘러쌌다. 길에서 보이지 않도록, 그리고 길이 보이지 않도록. 그날 단단은 무릎이 나온 체육복 바지에 티셔츠 차림으로 배낭을 메고 경복궁역에서 통인시장을 지나 장애인복지관 앞 횡단보도에서 느긋하고 차분하게 기다리다가 신호가 녹색으로 바뀌자 길을 건너 자연스럽게 주민센터로 들어갔다. 아무도 단단의 앞을 막지 않았다. 동네 고등학생으로 보였을까? 체육복 바지에 슬리퍼를 신고 있어 데모할 사람으로는 보이지 않았던 것일까? 그때 단단은 청소년이었지만 학교에 다니지 않았다. 그러니까 동네 사람도 아니고 고등학생도 아니었다. 진짜로 주민센터에 볼일이 있어서 찾아온 진짜 동네 주민들은 경찰에 가로막혀

언성을 높이고 있었다. 단단은 경찰이 막기 전에 일찌감치 부모들과 함께 자리 잡은 사람들 사이에 끼어 앉아 종이배를 접었다.

자신과 비슷한 또래의 젊은 사람들이 이태원에서 죽었을 때 단단은 일을 마치고 녹초가 되어 집에 돌아와 곯아떨어져 있었다. 다음 날 아침 참사 소식을 접하고 단단은 믿을 수 없었다.

그래서 단단은 한동안 망설이다 참사 현장에 직접 가봤다. 현장은 폴리스라인으로 막혀 있었다. 꽃다발, 음료수, 편지, 선물이 지하철역 앞 보도를 뒤덮었다. 단단은 근처 편의점에서 따뜻한 음료수를 샀다. 선물과 편지 사이에 내려놓았다. 그리고 참사 현장으로 다시 갔다. 폴리스라인 바로 앞까지 다가갔는데 아무도 막지 않았다. 경찰은 단단을 보지 못하는 것 같았다. 오래전 경복궁역 앞의 주민센터가 떠올랐다.

'선량한 일반 국민.' 단단은 그게 무슨 뜻인지 다시 한번 생각했다. 정확히 그 표현에 딱 맞는 모습으로 거리를 활보하는 방법을 자신이 알고 있다는 사실을 확인했다. 그것은 단단이 아주 어렸을 때부터 평생 갈고 닦아 몸에 익힌 생존의 기술이었다.

지하철역과 지하철역 사이, 참사 현장 인근의 작은 광장에 유가족이 분향소를 설치했다. 단단은 분향소로 갔다. 사진 속 어린 얼굴들에게 인사했다. 여전히 믿을 수 없었다. 어린 얼굴이 너무 많았다.

단단은 서명대에 가서 자원봉사자 조끼를 얻어 입었다. 서명을 받았다. 이번에도 아무도 단단을 막지 않았다.

서명을 받으면서 단단은 죽음에 관해 생각했다. 삶에 관해 생각했다.

　　단단은 여성의 신체와 법적인 여성의 신분증을 가지고 있었다. 단단은 여자가 아니었다. 그저 여자로 보이도록, 여자처럼 행동하고 말하도록, 본의 아니게 훈련되었을 뿐이다. 한때, 아주 오래전에 대단히 오랫동안, 단단은 자신이 여성이라고, 여성이어야만 한다고 생각했다. 그래서 단단은 괴로워했다. 여성인 친구들이 어떻게 여자처럼 말하고 행동하는지 관찰했다. 다른 사람들은 자신의 생물학적 성별뿐 아니라 사회적 성별과 그에 맞는 삶의 방식을 어떻게 아는지, 어떻게 저렇게 자연스럽게 그 암묵의 법칙에 맞춰 존재할 수 있는지 단단은 전혀 이해할 수 없었다. 그는 그 법칙에 자신을 맞추기는커녕 그 법칙이 무엇인지조차 제대로 알지 못했기 때문이다.

그 대가로 돌아온 것은 폭력이었다. 가족의 비난과 체벌, 또래집단의 따돌림과 괴롭힘 그리고 여성의 신체를 가진 자를 마치 의무라도 되는 양 습격하는 성범죄. 단단은 여성이 무엇인지, 성별이 무엇인지는 몰라도 세상이 자신에게 굴종을 강요한다는 것만은 확실하게 알았다. 세상은 그가 폭력에 길들기를, 그래서 사람을 두려워하고 누구의 앞에서나 벌벌 떨며 고개 숙이기를 원했다. 단단은 젊었고, 강했고, 분노했다.

그러나 단단은 분노를 쓸데없는 곳에 낭비하지 않았다. 언제나 끊임없이 분노하는 것보다는 눈에 띄지 않는 법을 익히는 쪽이 훨씬 효율적이었다. 조용하고 소극적인 태도는 단단이 여성의 신체를 가졌기 때문에 많은 경우 무리 없이 허용되었고 때로는 장려되었다.

그러니까 단단은, 아주 잘 알고 있었다. 광장에서 깃발을 들고 질주하는 진실 그대로의 자신 위에, 그 누구도 뒤돌아보지 않고 기억하지도 못할 '선량한 일반 국민'의 분장을 덮어쓰는 방법. 이미 오랫동안 해왔고 여러 번 성공했다. 자신이 있었다.

그래서 단단은 특정 정당 국회의원들이 내란을 옹호하기 위해 표결을 거부한 날 집에 돌아가 자신이 가진 모든 색깔을 숨겼다. 그 색깔을 다시 꺼낼 날이 곧 올 것이라 믿었다. 혹시 모르니까, 만에 하나를 위해서라고 스스로 위로했다. 그리고 단단은 눈에 띄지 않게 거리를 다니고 웃지도 울지도 않으며 보람을 느끼지 못하고 좋아하지도 않는 일을 했다. 그렇게 그는 숨었다. 숨어서 생존했다. 숨어서 버티는 것만큼은 자신이 있었다.

눈앞에서 사람이 총을 맞고 쓰러지는 모습을 보기 전까지는.

"뭐 하는 짓이에요!"

단단은 그날 편의점 바깥에서 들리는 소리에 반응하지 않으려 애썼다.

"어디로 데려가는 거예요!"

그리고 총소리가 울리기 시작했다.

단단은 놀라서 밖으로 뛰어나왔다. 귀바로 옆으로 총알이 지나갔다. 총알은 편의점 유리창을 깨고 안으로 날아들어가 구강청정제 병을 터뜨렸다. 단단은 반사적으로 몸을 웅크렸다. 쪼그리고 앉아서 주머니에서 핸드폰을 꺼냈다. 오리걸음으로 엉금엉금 편의점 안으로 들어갔다. 눈과 손만 밖으로 내밀고 촬영하기 시작했다. 총알이 바닥에 튀고 머리 위로 지나갈 때면 편의점 안으로 다시 숨어야 했다. 단단은 잠시 문 뒤에, 계산대 아래 웅크리고 있다가 다시 바깥을 살폈다. 핸드폰부터 조심스럽게, 그 다음에는 고개를 살짝 편의점 밖으로 내밀고 난사와 학살의 장면을 계속 촬영했다.

알려야 한다. 단단의 머릿속에는 이 생각밖에 없었다.

이럴 수는 없다. 이런 일이 일어나고 있다는 걸 바깥에 알려야 한다.

계엄군이 총격을 멈추었다. 군인들은 여기저기 흩어져서 돌아다니기 시작했다. 피투성이가 되어 지하철역 바닥에 널브러진 사람들을 총구로 툭툭 치고 발로 찼다. 신음하거나 움직이는 사람은 총으로 쏘았다.

군인 서너 명이 그렇게 생존자를 살해하며 편의점 쪽으로 다가왔다.

단단은 서둘러 편의점 안으로 들어갔다. 핸드폰을 바지 뒷주머니에 깊숙이 집어넣고 계산대 안에 섰다. 담배와 껌 종류를 정리하는 척했다.

군인들이 편의점 안으로 들어왔다.

"어서 오세요."

단단이 말했다. 목소리가 떨리는 것을 군인들이 눈치챘을까? 그는 불안했다.

"이리 나와."

군인 한 명이 말했다.

"네?"

단단이 되물었다.

"이리 나오라고."

군인이 말했다. 그리고 총 끝을 까딱까딱 움직였다.

어쩔 수 없었다. 단단은 계산대를 돌아 계엄군 앞으로 나갔다.

군인들이 단단을 둘러쌌다. 한 명이 그의 엉덩이를 더듬었다. 단단은 너무 무서워서 비명조차 지를 수 없었다. 군인이 단단의 바지 뒷주머니에서 핸드폰을 꺼냈다.

"가자."

앞에 선 군인이 다시 총구를 까딱까딱 움직이며 단단에게 말했다.

서울의 광장에서 종교지도자를 자칭하는 극우파 선동가는 언제나 사람들을 모아놓고 연설했다. 그녀는 이 연설을 들은 적이 있었다. 원해서 들은 것은 물론 아니었다. 집에 돌아가려면 그녀는 기차를 타야 했고 기차를 타기 위해서는 버스를 타고 기차역까지 가야 했으며 버스정류장으로 가는 길은 극우파 집회에 점령당해 있었다. 집회 때문에 차로가 일부 막혀 버스가 우회했기 때문에 그녀는 자신을 기차역에 실어다 줄 버스를 찾아 극우파 집회장 안에서 10분 가까이 헤매야만 했다.

"미국이 우리를 도와줄 것입니다!"

종교지도자를 자칭하는 선동가는 그때 이렇게 외쳤다.

"중국 공산당이 북한을 조종해서 해커들이 선거관리소 서버를 점령했습니다. 총선도 지방선거도 모두 선거 부정으로 오염되었습니다. 우리의 우방국인 미국에 이 위기를 알려야만 합니다!"

선동가는 특정 종교의 신이나 교리보다는 미국 대통령을 더 열심히 믿는 것 같았다. 다른 나라 대통령이 한국과 무슨 상관인지 그녀는 잘 이해할 수 없었다. 너무 시끄럽고 너무 더웠고 아스팔트 타는 냄새 때문에 숨을 쉬기 힘들었다.

이어서 선동가는 북한에 대해서, 해커에 대해서, 한국식 선거 시스템을 도입했다가 부정선거가 밝혀져 '난리가 났다'는 중앙아시아 어느 나라에 대해서 길게 이야기했다. 그녀는 너무 더워서 땀을 흘리며 버스 정류장을 찾지 못해 짜증이 나 있어서 나머지 이야기는 귀담아듣지 않았다. 가방에 달고 있는 노란 리본이 신경 쓰였다. 혹시나 집회장에서 누군가 덤벼들지 않을까 그녀는 내내 긴장하고 있었다.

그러나 집회에 모인 사람들은 사납다기보다 지치거나 무관심해 보였다. 뜨거운 아스팔트 위에서 녹아버릴 것 같은 플라스틱

의자에 앉아 사람들은 전단으로 부채질하
거나 휴대용 선풍기를 얼굴에 대고 눈을 감
고 있을 뿐이었다. 약간이라도 생기 있는
목소리가 들려오는 곳은 가판이나 천막이
었다. 음료를 나눠주는 사람도 있었지만 그
보다는 뭔가 파는 사람이 압도적으로 많았
다. 저가 핸드폰 가입신청을 받는 사람. 종
교단체 지도자의 가족이 운영하는 통신망
이라 믿을 수 있다고 했다. 신용카드 가입
신청을 받는 사람. 그 신용카드를 사용하
면 매월 일정액이 선동가가 운영하는 종교
단체에 기부된다고 했다. '자유를 수호'한
다는 뭔지 모를 서비스에 가입하라고 권유
하는 사람. 이 사람은 가입자 모두 '자유 수
호자'가 되어 자신과 함께 '자유를 수호'할
사람을 열 명씩 데려오면 전국 방방곡곡 자

유를 수호하게 된다고 열띠게 설명했다. 한 사람이 열 명씩 가입자를 데려오라는 얘기가 매우 다단계 판매 방식 같다고 그녀는 언뜻 생각했다. 자신이 운영하는 동영상 채널을 구독하라며 QR코드를 크게 인쇄해서 들고 다니는 사람은 아주 많았다. 이 모든 것이 수익 모델이라는 사실, 극우파 정치선동이 돈이 된다는 사실을 그녀는 간신히 정류장을 찾아 버스에 올라서 에어컨 바람을 쏘이고 땀이 조금 식은 뒤에야 깨닫기 시작했다.

2차 계엄이 일어나자 이에 반대하는 집회만큼이나 계엄에 찬성하고 대통령을 옹호하는 무리의 집회도 열기를 띠고 대규모로 진행되었다.

"비상계엄은 헌법 제77조에 명시된 대

통령의 합법적인 권한입니다! 빨갱이들이 판을 치며 국회와 선거관리소까지 먹어버렸으니 이 국가적인 위기를 미국에 알려야 하지 않겠습니까! 용기 있게 비상계엄을 선포한 대통령은 애국의 영웅입니다, 여러분!"

자칭 종교지도자가 이렇게 외쳤고 동영상 콘텐츠 제작자들이 그 모습을 실시간으로 송출했다. 1차와 2차 계엄 사이에 쏟아지는 후원금 액수는 두 배 이상 늘었다. 정치동영상을 취급하는 콘텐츠 제작자들은 이전에 상상도 못 했던 호황을 누리고 있었다. 그래서 이들은 집회 장소에 계엄군이 들이닥치자 환호했다.

"대통령께서 군대를 보내셨습니다! 구국의 영웅들을 환영합시다, 여러분!"

자칭 정치지도자가 외쳤다. 계엄군은 발포했다.

　계엄을 찬양하고 공포정치를 옹호하던 자칭 종교지도자와 그의 추종자들은 어리둥절해서 곧바로 사태를 파악하지 못했다. 계엄군이 다시 발포했다. 그리고 집회 참가자들을 영장 없이 체포하기 시작했다. 우리는 대통령의 편이라고, 계엄에 찬성한다고, 종교지도자와 집회 참가자들이 외쳤으나 소용없었다. 계엄군은 소리치는 자들을 때리고 짓밟아 계엄에 반대하는 집회에 참여하던 사람들과 함께 차량에 실었다. 자칭 종교지도자가 계엄군 앞에 나섰다.

　"아니 이게 무슨 짓이오! 모름지…"

　군인이 총을 들어 자칭 종교지도자의 가슴에 대고 쏘았다. 종교지도자는 죽었다.

계엄군은 자칭 종교지도자의 시신을 집회 장소에 그대로 버렸다. 체포한 집회 참가자들을 짐짝처럼 차량에 실었다. 그리고 계엄군은 떠났다.

독재자는 작은 독재자를 원하지 않는다. 선동가는 종교의 가면을 써서 권력에 빌붙고 독재자를 옹호하는 행위를 통해 세속권력을 그러모았다. 계엄을 논하는 집회와 시위는 정치활동이다. 정치활동은 포고령에 의해 금지되었다. 종교지도자를 사칭하는 선동가를 따르는 사람이 늘어날수록 독재자의 관점에서는 위협이 될 뿐이었다.

집회와 시위를 무력화한 뒤 계엄군은 병원으로 향했다.

5. 전공의를 비롯하여 파업 중이거나 의
   료현장을 이탈한 모든 의료인은 48시
   간 내 본업에 복귀하여 충실히 근무하
   고 위반 시 계엄법에 의해 처단한다.

파업은 오래전에 끝났다. 전공의들은 이미 사직했다. 그리고 생계를 유지하기 위해 새 직장을 찾았다. 그런데 전공의들은 의사다. 의사가 병원을 그만두고 그다음 날부터 순식간에 변호사나 신문기자나 러시아 문학 교수가 되어 전혀 다른 삶을 살아갈 것이라고 가정하는 것은 현실적이지 못하다. 의사들은 한 병원을 그만두면 다른 병원에 취업하거나 스스로 의원을 개업하는 방식으로 계속해서 의사로 활동한다. 그러므로 사직한 의사들은 계속해서 의료현장에 있었다. 계속해서 본업에 충실하게 활동하고 있다. 단지 대학병원 근무를 그만두었을 뿐이다. 다니던 직장을 그만두는 것은 불법이 아니다. 헌법 제15조에 의하면 모든 국민은 직업선택의 자유를 가지기 때문이다.

그러므로 병원에 진입한 계엄군이 '파업 중인 전공의'와 '의료현장을 이탈한 의료인'을 찾아 병원 안을 수색하는 것은 전혀 합리적이지 못한 행동이었다. 파업 중인 의사는 병원에 출근하지 않았을 것이고 의료현장을 이탈한 의료인 역시 병원 안에서 머뭇거리고 있지는 않을 것이기 때문이다.

그리하여 계엄군은 전국 대학병원을 동시다발적으로 덮쳐 수색하는 과정에서 병원 복도를 천천히 걸어가던 전문의, 근로기

준법이 보장하는 휴게시간 중에 휴식을 취하던 간호사, 당직실에서 쪽잠을 자고 있던 인턴, 환자를 검사실로 이동시킨 후 다음 환자를 데리러 가던 간호조무사 등, 정상적으로 근무 중인 의료인을 무차별 체포하기 시작했다.

의료진은 반발했다. 의료진에게 목숨을 의지하고 있는 환자들도 반발했다. 환자 보호자와 가족 들이 당연히 가장 격렬하게 반발했다. 계엄군은 발포했다.

사람들은 간호사에게 별 얘기를 다 하
게 마련이라는 사실을 양 간호사는 일 시작
하고 얼마 지나지 않아 경험으로 알게 되었
다. '아가씨'나 '저기요'나 '언니야'나 심지
어 '어이'라고 부르는 환자나 보호자의 숫
자는 늘기도 하고 줄기도 했지만 별걸 다
얘기하는 사람의 숫자는 체감상 절대로 줄

지 않는 것 같았다. 예를 들면 1208호 환자 보호자처럼 말이다. 1208호 보호자는 양 간호사를 볼 때마다 이렇게 말했다.

"그러니까 검찰총장 그 사람이 대통령이 돼야 하는 기라."

인류가 소멸할 때까지 영원히 이어질 것만 같았던 신종 바이러스의 기세도 차츰 수그러들고 집에 갈 수 있는 날도 6개월 만에 처음으로, 에서 석 달 만에, 한 달 만에, 삼주 만에, 그리고 이제야 간신히 좀 정상적으로 일주일에 한 번은 집에 가서 머리도 감고 옷도 갈아입을 수 있게 된 참이었다. 양 간호사는 지쳐 있었다. 모든 의료진이 지쳐 있었다. 지쳤다는 말 한마디로는 도저히 다 표현할 수 없을 만큼 심오하게, 마음속 깊이, 존재의 뿌리까지 완전히 피로에

절어 있었다. 정치 따위에는 아무도 관심이 없었다. 신규 환자가 오늘 또 몇 명이나 들어왔는지, 그중에 응급 환자는 몇 명인지, 환자가 자기 힘으로 숨을 쉬는지 못 쉬는지, 혈압이 올라가는지 내려가는지, 체온이 올라가는지 내려가는지 오로지 그것만이 관심사였다. 당장 눈앞에 있는 환자의 상태 외에는 아무것도 생각할 수 없었다. 눈앞의 환자라도 제대로 돌볼 수 있다는 게 기적일 지경이었다.

"그러니까 검찰총장 그 사람이 대통령이 돼야 하는 기라."

양 간호사는 선거에 관심이 없었다. 그러나 물론 1208호 보호자의 사연도 이해가 가지 않는 것은 아니었다.

"우리 큰딸이 스물셋에 결혼해서 아들

을 낳았거든요. 첫 손주인데 아들이니까 우리도 너무 좋았지요. 그런데 그 시댁 쪽에서 보면 5대 독자인기라. 을매나 좋았겠어요. 그 사돈댁이 아를 껴앤고 아주 춤을 추드라고요."

이렇게 시작하는 1208호 보호자의 사연을 양 간호사는 처음부터 끝까지 다 읊을 수 있을 지경이었다. 1208호 보호자는 큰딸을 지극정성으로 돌보았다. 5대 독자라는 첫 손자와 함께 오기도 했다. 딸도 손자도 폐가 굳어가고 있었다.

"큰딸이 산후조리를 우리집에서 했어요. 그때는 산후조리원 이런 게 요즘처럼 많이 없을 때라서… 사돈댁이 우리집에 아주 매일매일 오다시피 했어요. 먹을 것도 싸오고 한약도 지어오고 산후에 좋다는 뭐도 사오고 아한테 좋다는 뭐도 구해오고…"

이 부분에서 1208호 보호자는 반드시 한숨을 쉬었다. 그 지점도 양 간호사는 정확하게 외울 수 있었다.

"갓난쟁이는 면역력이 약하니께네, 방에 불을 뜨시게 때고 창문을 닫아 놓거든요. 그러니까 방에 드가믄 냄새가 좀 나는 기라. 그래 사돈댁이 그때 가습기 살균제라는 걸 사 왔어요. 그걸 넣어서 틀믄 냄새가 안 난다꼬."

1208호 보호자의 아내, 큰딸의 산후조리를 도맡아 방안에서 함께 지내던 친정엄마가 가장 먼저 쓰러졌다.

"안사람이 숨을 못 쉬는기라. 대학벵원으로 옮겼는데도 무슨 벵인지 진단도 못 하더라고요. 그러다 여서 치료 몬한다꼬, 서

울로 가라캐서 구급차 불러서 서울까지 안
갔는교."

서울에 있는 큰 병원에서 1208호 보호
자의 아내는 석 달을 지냈다. 수술도 받고
치료도 받았지만 굳어가는 폐는 살려내지
못했다. 1208호 보호자의 아내는 다시 집으
로 돌아오지 못했다.

"병원비가 그때 돈으로 2000만 원 가까
이 들었다 아입니까. 이십 년 전이면 억수
로 큰돈 아잉교. 그런데 마누라 살릴끼라고
서울 가서 우짜고 저짜고 하는 사이에 이번
에는 딸이 또 쓰러지데예."

그 딸을 1208호 보호자는 아직까지 병
원에 데리고 다니며 간호하고 있는 것이다.

"그나마 마누라 그렇게 되고 나서 가슴
기 딱 안 켜기 시작하이께네 손자는 이제

마이 나아졌지요. 뛰지는 못해도 걷기도 제
대로 걷고 숨도 마이 안 차니께네…"

　많이 나았다는 손자도 한 번 입원했다.
지금도 정기적으로 병원에 검사를 받으러
온다.

　"그러니까 검찰총장 그 사람이 대통령
이 돼야 하는 기라. 그래야 우리 같은 억울
한 사람들, 아무껏도 모리고 당하는 사람들
없게 살펴줄 거 아입니까."

　양 간호사는 투표하지 않았다. 하지 못
했다. 대통령 선거일 바로 전날과 전전날에
도합 30시간 정도 내리 근무하고 집에 돌아
와 씻지도 못하고 쓰러져 잠이 들었다. 깨
어났을 때는 이미 투표가 끝나고 개표방송
이 시작되고 있었다. 다음날 뉴스에서 선거
결과를 얼핏 보고도 양 간호사는 별다른 감

흥을 느끼지 않았다. 몇 주 뒤에 1208호, 그때는 1208호가 아니고 다른 병실이었지만, 하여간 오랫동안 이 병원에 다녀 익숙하게 잘 아는 그 환자가 다시 입원했다. 환자의 아버지가 다시 따라와서 환자를 지극정성으로 돌보았다. 양 간호사에게 보호자는 '검찰총장 그 사람'이 대통령이 되었으니 이제 억울한 사람이 없을 것이라며 기뻐했다. 양 간호사는 환자의 체온을 재며 건성으로 고개만 끄덕였다. 환자는 치료받고 퇴원했다. 그리고 몇 달 뒤에 다시 입원했다. 지난 10여 년 동안 되풀이되던 일이었다.

1208호 보호자가 그토록 기대를 걸었던 '검찰총장 그 사람'이 대통령의 신분으로 비상계엄을 선포했을 때 양 간호사는 근무 중이었다. 군인들이 국회의사당 창문을 깨고 들어가는 모습은 환자들의 체온을 재고 수액을 점검하는 사이사이에 파편적으로만 보았다. 2차 계엄이 선포되었을 때 양 간호사는 근무를 마치고 지쳐서 자고 있었다. 포고령이 무슨 의미인지는 다음날 출근하자마자 알게 되었다.

1208호에서는 보호자가 며칠 전에 입원한 큰딸을 돌보고 있었다.

저런 사람들이 투표를 잘못한 탓, 잘못된 사람을 대통령으로 뽑은 탓이라는 생각을 안 해본 건 아니었다. 그러나 환자는 어쨌든 환자였다. 오지 않는 의사를 기다리는 1208호 환자와 보호자 곁을 밤새 지켜준 것은 간호사들이었다. 숨을 헐떡이며 괴로워하는 환자의 자세를 고쳐주고 베개를 가져다 등을 받쳐주고 입에서 흘러나오는 침과

거품을 닦아준 사람도 간호사들이었다. 체온을 재고 기록하고 수액과 약물을 투여하고 분량을 기록하고 그 기록을 입력하며 의사의 진단과 처방을 함께 애타게 기다린 사람도 간호사들이었다. 간호조무사가 체액으로 얼룩진 환자의 베개 커버와 침대 시트를 갈고 환자복을 새로 가져다주고 의료폐기물 쓰레기통을 비웠다. 환경미화직원이 바닥을 깨끗이 닦고 쓰레기통을 비웠다. 겉보기라도 병원의 모습이 유지될 수 있었던 것은 이런 직원들 덕분이었다.

그리고 마침내 피로에 지친 전문의가 1208호 병실에 찾아왔다. 전문의는 너무 지쳐서 의사가 아니라 환자 같은 몰골이었고 당장이라도 쓰러질 것 같았다. 1208호 보호자가 자신이 앉아 있던 의자를 권했다. 전문의는 보호자용 플라스틱 의자에 주저앉아 길게 한숨을 쉬었다.

"엉망진창이라서 죄송합니다."

의사가 푸념하듯이 말했다.

"저희도 정말 최선을 다하고 있습니다만 지금 상황이 이래 가지고는…"

복도가 소란스러워졌다. 시끄러운 발소리, 고함과 비명, 뭔가 쓰러지거나 깨지는 듯한 소리. 최근에는 거의 매일같이 일어나는 일이었다.

"저것들이 또 무슨…"

의사가 험한 말을 중얼거리며 일어섰다. 휘청거리며 복도로 나갔다. 검은 마스크를 머리 전체에 뒤집어쓰고 눈만 드러낸 군인들이 간호조무사를 바닥에 쓰러뜨리고 팔을 뒤로 꺾어 짓누르고 있었다.

"이봐요! 이게 무슨 짓입니까!"

의사가 소리쳤다.

"놔 주세요! 우리 직원한테…"

의사는 말을 마치지 못했다. 군인 한 명이 총을 들어 의사를 쏘았다. 의사가 피를 뿜으며 복도에 쓰러졌다.

"의사 슨생임요!"

1208호 보호자가 큰 소리로 외치며 복도로 뛰쳐나갔다.

"슨생임요! 보소! 의사를 쏴 죽이모 우리 아는 무신 수로 치료…"

다른 군인이 1208호 보호자의 머리를 겨냥해 발포했다. 1208호 보호자는 비명조차 지르지 못했다. 뒷머리를 벽에 부딪치고 그대로 무너졌다.

양 간호사는 군인이 총을 드는 것을 보

는 순간 1208호 환자의 얼굴을 몸으로 감쌌다. 환자에게 저런 광경을 보게 해서는 안 된다. 군인들이 병실에 난입할 것이다. 환자를 지켜야 한다. 양 간호사의 머릿속에는 이런 생각들이 뒤죽박죽으로 엉켜 있었다.

총소리가 그치고 나서 피투성이 복도에는 호흡기 전문의, 1208호 보호자, 그리고 간호조무사가 시신이 되어 누워 있었다. 군인들이 어째서 간호조무사를 공격했는지는 영영 알 수 없게 되었다. 양 간호사는 흐느끼는 환자를 병실에 두고 복도로 달려나가 재빨리 병실 문을 닫았다. 너스 스테이션으로 달려갔다. 그러나 전화기 앞에서 양 간호사는 멍하니 서 있을 수밖에 없었다. 누구에게 먼저 연락해야 할지 알 수 없었다. 어딘가에 연락했다가 그로 인해 행여나 또 군인들이 몰려올까 두려웠다.

시간이 한참이나 흐른 뒤에 동료 간호사들이 조심스럽게 복도를 내다보았다. 너스 스테이션으로 달려왔다. 동료들이 시신을 수습하고 복도의 피를 닦아내고 겁에 질린 환자들을 진정시키는 동안에도 양 간호사는 멍하니 너스 스테이션 전화기 앞에 서 있었다. 1208호 보호자가 머리에 총을 맞고 벽에 부딪치던 광경이 눈앞에서 끊임없이, 계속, 구역질이 날 정도로 쉬지 않고 반복해서 재생되었다.

그것은 배신이었다. 국가가 국민에게 또다시 저지른 거대하고 끔찍한 배신이었다. 1208호 보호자는 그저 '억울하지 않은' 세상을 원했을 뿐이었다. 이미 한 번 상처 입었기 때문이다. 그 대가로 그는 국가가 보낸 살인자들의 총을 맞고 죄 없이 목숨을 잃었다.

휴게실을 지날 때마다, 병실에 들어갈 때마다, 텔레비전 화면에 커다랗게 떠오른 대통령의 얼굴을 볼 때마다, 양 간호사는 1208호 보호자에 대해 생각했다. 배신에 대해 생각했다.

저 대통령은 자신이 어떤 기대를 배반하고 어떤 목숨을 빼앗았는지 알지도 못할 것이다. 알지도 못하고 관심도 없을 것이다.

숨을 헐떡이며 흐느끼는 1208호 환자 곁에서, 환자의 차가운 손을 잡고 양 간호사는 이런 생각을 떨쳐낼 수 없었다. 헐떡이는 환자의 얼굴과 머리에 총을 맞고 복도에서 무너져 내리던 보호자의 얼굴이 겹쳐보였다.

일주일 뒤 계엄군에게 끌려가면서 양 간호사는 보호자의 얼굴을 다시 한번 떠올렸다. 양 간호사는 병원에 숨어 있다시피 지내다가 옷을 갈아입기 위해 집에 가는 길이었다. 버스정류장에 서 있다가 양 간호사와 버스를 기다리던 사람들 모두 계엄군에게 습격당했다. 집회가 아니라고, 버스를 기다리고 있을 뿐이라고 설명하려던 사람이 가장 먼저 계엄군의 총에 맞았다. 양 간호사는 아무 말도 하지 않았다. 입을 열면 어떻게 되는지 양 간호사는 끔찍할 정도로 잘 알고 있었다.

1208호에서 죽어가는 환자를 생각했다. 복도에 축 늘어지던 환자 보호자를 생각했다. 그리고 양 간호사는 계엄군의 총 개머리판에 얻어맞고 의식을 잃었다.

포고령
_____

포고령 위반자에 대해서는 대한민국 계
엄법 제9조(계엄사령관 특별조치권)에 의
하여 영장없이 체포, 구금, 압수수색을
할 수 있으며, 계엄법 제14조(벌칙)에 의
하여 처단한다.

(헌법 제12조 ①모든 국민은 신체의 자유
를 가진다. 누구든지 법률에 의하지 아니하
고는 체포·구속·압수·수색 또는 심문을 받
지 아니하며, 법률과 적법한 절차에 의하지
아니하고는 처벌·보안처분 또는 강제노역을
받지 아니한다.)

　감방 안에는 악취가 가득했다. 빛이 들
지 않고 곰팡이 냄새가 나고 습하고 눅눅했

다. 그리고 수감자가 너무 많았다. 감방 안에 수감자가 빽빽하게 가득 찼는데도 계엄군이 계속해서 사람들을 밀어 넣었다. 안에는 화장실도 세면대도 물도 없었다. 하루가 채 지나기 전에 사람들은 감방문을 두드리기 시작했다. 물이 필요했다. 음식이 필요했다. 화장실에 가야 했다. 사람들이 피를 흘리고 있었다. 피를 흘리며 죽어가고 있었다.

밖에서는 아무 대답이 없었다. 화가 나고 불안해진 사람들이 감방문을 계속 두드렸다. 마침내 문이 열렸다. 철모와 보안경과 마스크로 얼굴을 가린 계엄군이 나타났다.

"화장실 좀 보내주십시오. 안에…"

문 앞에 서 있던 남자가 말을 채 마치기 전에 계엄군이 남자의 얼굴에 총을 쏘았다. 남자가 쓰러지자 계엄군은 능숙하게 한 걸음 옆으로 피하며 문 앞에 있던 사람들에게 계속해서 총을 쏘았다. 사람들의 비명이 그치기도 전에 계엄군은 밖으로 나갔다. 바닥에 나뒹구는 시체를 발로 밀어 감방 안으로 집어넣었다. 감방 문을 닫았다. 철문의 잠금장치가 돌아가는 소리는 감방 안 사람들의 비명에 묻혀 들리지 않았다.

문 앞에서 네 명이 죽었다. 두 명은 총을 맞고도 살아 있었다. 쓰러진 네 구의 시체 위에 널브러진 한 명은 오랫동안 가느다랗게 신음했다. 그 옆에 쓰러진 다른 한 명은 귀가 찢어질 것만 같은 날카로운 비명을 질렀다. 사람들은 귀를 막고 고개를 숙였다. 참다못해 몇 명이 화를 내며 일어섰다. 그러나 쓰러진 사람에게 다가가지 못하고 도로 앉았다. 아무도 시체더미에 다가가서 죽어가는 사람을 살펴보고 싶어 하지 않았다.
비명은 한동안 이어지다가 마침내 멎었다.
그런 뒤에 시체 위에서 뒹구는 사람의 신음
과 비명을 지르지 못하게 된 다른 한 사람
의 헐떡거리는 숨소리가 감방 안을 채웠다.
신음과 고통스러운 숨소리는 오랫동안 끈
질기게 이어졌다.

아내가 수술실에서 나오는 때를 기다리
던 순간으로 돌아갈 수 없다면 하다못해 이
순간으로 돌아가고 싶다고 그녀는 생각했
다. 계엄군이 들어와서 문 앞의 사람들에게
총을 쏘기 전, 바로 그때에 머무르고 싶다
고 그녀는 진심으로 그리워했다. 그때는 무
서웠지만, 다른 사람들이 있었고 모두 함께
무서워했다. 그때는 창도 없고 빛도 없는
방에 혼자 갇히지 않았고 혼자 얻어맞지도

않았고 혼자 전기고문을 당하지도 않았고 손톱이 빠지고 발가락이 부러질 때 혼자 비명을 지르지도 않았다.

그녀는 아무것도 말하지 않았다.

- 세 대만 더 맞고 자백하자. 한 대만 더 맞고 자백하자.

오래전에 읽었던 디스토피아 SF소설의 주인공은 비밀경찰에 잡혀가 고문당하면서 혼자 이렇게 자신을 달랬다. 그리고 결국 자백했다. 연인을 배신했다. 그녀는 자신이 언제쯤 아내를 배신하게 될지 생각했다. 언제쯤 동료들을 부정하고 있는 말 없는 말을 지어내게 될지 두려워했다. 고문이란 그런 것이었다. 내 몸은 나만의 것이고 나의 고통은 다른 누구도 알아주지 않는다. 고문하는 자에게 고문당하는 자는 사람이 아니다. 그저 고깃덩어리, 그저 물체, 그저 자극에 반응하는 장난감일 뿐이다.

　그녀는 아무것도 말하지 않았다. 의지가 굳었기 때문이 아니다. 아내를 사랑했기 때문도 아니었다. 고통과 공포가 너무 심해서 아무것도 말할 수 없게 되었기 때문이었다. 고문기술자의 질문을 받아도 그녀는 대답이 될 만한 이름을 아무것도 생각해낼 수 없었다. 그녀가 간신히 생각해낼 수 있었던 것이라고는 아주 오래전에 읽었던, 자신이 기억한다는 사실조차 기억하지 못했던 디스토피아 SF소설의 주인공들 이름뿐이었다. 윈스턴 스미스, 줄리아. 고문이 길어질수록 그녀의 머릿속은 하얗고 까만 공포로만 가득 찼고 기억이나 생각은 불분명한 형체로 쪼그라들어 두려움의 심연 속으로 가라앉았다. 그러니까 그녀는 저항한 게 아니었다. 말도 생각도 제대로 할 수 없는 상태로, 더 이상 사람이 아닌 상태로 구겨져버린 데 불과했다. 그녀도 대답하고 싶었다. 어떻게든 고통을 멈추게 하고 싶었다. 그러나 그녀는 자신의 이름조차 제대로 말할 수 없었다. 고통이 심해질수록 엉뚱한 소설의 쓸데없는 세부사항들만 점점 더 명확하게 기억날 뿐이었다. 쥐, 윈스턴이 쥐를 무서워했다는 것, 골동품 가게에서 산 공책 때문에 모든 일이 시작되었다는 것. 그래서 그녀는 외쳤다. 공책, 쥐, 쥐들이 돌아다니는 우리, 철제 우리, 윈스턴, 윈스턴의 머리. 외칠수록 고통은 점점 더 심해졌다.

헌법 제12조 ②모든 국민은 고문을 받지 아니하며, 형사상 자기에게 불리한 진술을 강요당하지 아니한다.

군인들이 반쯤 정신을 잃은 그녀를 도로 감방 안에 던져 넣었다. 감방 안의 악취는 한층 더 심해져 있었다. 문 앞의 시신 여섯 구는 그대로 썩어가고 있었다. 계엄군은 그녀를 시체 무더기 위에 집어 던졌다. 그리고 문을 잠그고 가버렸다. 그녀는 몸을 움직일 수 없었다. 자신이 시신들 사이에 누워 있다는 사실을 이해할 수도 없었다. 그저 숨이 막히는 악취에 구역질할 뿐이었다. 아무것도 먹지 못한 위장에서는 구토가 나오지 않았다. 마른 입 안에서는 침도 제대로 흘러나오지 않았다. 그녀는 시신 위에 누운 채 헛구역질하며 경련했다. 그것이 그녀가 살아서 보낸 마지막 밤이었다.

　다음날 새벽에 계엄군들이 다시 왔다. 감방에 있던 사람들을 차례차례 끌고 나갔다. 그녀는 생의 마지막 순간에 벽에 제대로 기대 서지도 못했다. 계엄군이 욕하며 발로 차고 총으로 위협했다. 그녀는 아랑곳하지 않았다. 이제는 벽도 총도 위협도, 아무래도 상관없었다. 그녀는 오직 아내가 보고 싶었다. 아내의 이름도 얼굴도 기억할 수 없었다. 보고 싶다는 마음을 명확하게 생각으로 형성할 수도 없었다. 머릿속에서 그녀는 누군가를 간절하게 기다리며 어떤 건물의 위층과 아래층을 오갔던 시간에 머물러 있었다. 사랑하는 누군가를 간절하게, 절박하게 그리워하며 하얗고 무심한 공간 속을 위층에서 아래층으로, 아래층에서 다시 위층으로, 무한히 움직였다. 그녀의 목숨이 끝나더라도 그 기다림에는 끝이 없었다.

누군가 그녀의 팔을 받쳤다.

"1210호 보호자시죠…."

그녀는 이해하지 못했다. 부어오른 상처투성이 얼굴이 그녀를 바라보았다. 그녀는 알아보지 못했다. 치아가 부러지고 핏줄기가 말라붙은 입이 그녀 아내의 이름을 말했다. 그녀는 온몸이 경직되는 것을 느꼈다. 아내의 이름을 알아듣지 못하면서도 그녀는 그 이름에 반응했다.

"저한테 기대세요…"

양 간호사가 그녀의 어깨를 부드럽게 지탱해 주었다.

"옳지, 그렇게 기대세요…."

양 간호사가 차분하게 말했다. 계엄군이 사격했다.

양 간호사가 이마를 관통당해 먼저 쓰러졌다. 그녀는 간호사와 함께 쓰러졌다. 동시에 총알이 그녀의 머리 위로 지나갔다. 그래서 그녀는 단번에 죽지 못했다. 사형수들을 점검하러 온 계엄군이 그녀가 아직 살아 숨 쉬며 자신을 바라보는 것을 알았다. 계엄군이 그녀의 이마에 총을 겨누었다. 그녀는 보안경에 가려진 계엄군의 눈을 쳐다보았다. 계엄군이 사격했다. 그녀는 죽었다.

단단은 함께 갇혀 있던 사람들과 끌려
나가 총구 앞에 섰다. 먼저 살해당한 피해
자들이 뒤에 쓰러져 있었다. 단단은 뒤에
쌓여 있는 시신과의 거리를 재었다. 총구가
불을 뿜었을 때 단단은 조금 빨리 쓰러졌
다. 머리에 총을 맞았지만 총알은 스쳐 지
나갔다. 왼쪽 머리에 불이 붙은 것 같았다.

피가 쏟아지는 것이 느껴졌다. 단단은 눈을 감고 입을 벌리고 누워 있었다.

계엄군이 다가와서 쓰러진 피해자들을 점검했다. 군인 하나가 단단의 배를 총구로 찔렀다. 단단은 숨을 멈추었다. 계엄군은 갔다.

그리고 다음 피해자들이 끌려 나왔다. 누워서 숨을 죽이고 있는 단단의 몸 위로 사람들이 피를 뿜으며 쓰러졌다.

단단은 학살이 끝날 때까지 시체 아래에 숨어 있었다. 머리가 터질 듯이, 깨질 듯이 아팠다. 추웠다. 주변을 뒤덮은 시체에서 감방의 악취와 피비린내가 풍겼다. 구역질이 났다. 단단은 잠들듯이 정신을 잃었다. 추워서 깨어났다. 다시 정신을 잃었다.

그러다 누군가 단단을 들어 올렸다. 단

단은 엉겁결에 눈을 뜰 뻔했다. 얼굴 왼쪽이 너무 부어서 눈이 떠지지 않은 것이 다행이었다. 단단은 다른 시체들과 함께 군용 트럭 짐칸에 내던져졌다. 딱딱한 시체 위에 떨어졌을 때 단단은 비명을 지를 뻔했지만 너무 아프고 기운이 없어서 목소리가 나오지 않았다.

짐칸에 실려 한참을 이동했다. 동이 틀 무렵에 군인들이 트럭을 세웠다. 그리고 짐칸에 실어 온 시체를 꺼냈다. 한 곳에 아무렇게나 던졌다. 그곳에는 이미 시체들이 쌓여 있었다. 단단은 트럭이 떠나가는 소리가 들리지 않게 될 때까지 숨을 죽이고 누워 있었다. 주위가 조용해지자 단단은 눈을 떴다. 왼쪽 눈은 붓고 피가 흘러 굳어서 떠지지 않았으므로 오른쪽 눈만 떴다.

단단은 몸을 일으켰다. 일으키려 애써 보았다. 머리가 아팠다. 일어날 수가 없어서 단단은 버둥거리며 간신히 돌아누워 엎드렸다.

"살아 있어요?"

누군가 속삭였다. 누가? 어째서? 단단은 이해할 수 없었다. 그래서 대답하지 않았다.

"거기, 살아 있어요?"

사람의 목소리가 다시 속삭였다. 단단은 고개를 돌렸다. 머리가 너무 아파서 천천히 돌려야 했다.

사람이었다. 군인이 아니었다. 한쪽 팔에서 피를 흘리고 있었다.

"일어날 수 있어요?"

피 흘리는 사람이 말했다. 단단은 고개를 저었다. 저으려 했다.

"머리… 아파요…"

단단이 말했다. 입 한쪽이 굳은 듯 잘 움직이지 않았다.

멀리서 차 소리가 들렸다.

"쉿."

피 흘리는 사람이 말했다.

"누워 있어요. 그대로 있어요."

그건 쉬웠다. 단단은 몸에 힘을 뺐다.

군용 트럭이 다가왔다. 군인들이 트럭에서 내렸다. 짐칸에서 시체를 꺼냈다. 그리고 아무렇게나 땅에 내던지기 시작했다. 시체 무더기 위로, 시체 무더기 주변으로, 살해당한 피해자들이 쓰레기처럼 버려졌다.

그때 단단은 보았다.

그녀는 죽은 몸에서 일어나 자신을 버리고 돌아서서 걸어가는 계엄군을 따라가 그 어깨 위에 앉았다. 무속을 믿는 권력자와 점괘에 의존해 민간인에게 총부리를 들이댄 반역 군인의 무리가 가장 보편적이고 기본적인 민속적 개념인 '원한에 찬 귀신'에 대해 고려하지 않았다는 것은 그다지 놀랍지 않은 일이었다. 폭력적인 인간은 폭력이 모든 문제를 해결할 수 있다고 믿기 때문이다. 그녀의 원한은 자신을 고문하고 죽인 계엄군의 머리 위에 앉았다.

피해자들이 시체 무더기에서 일어나 군인들을 따라갔다. 군인들의 머리 위에 앉았다. 군인들의 어깨 위에 앉았다. 군인들의 팔에, 다리에 매달렸다.

"갔어요."

군용 트럭 소리가 멀어진 뒤에 알이 단단에게 다가가 조그맣게 말했다.

"봤어요?"

단단이 대답 대신 물었다.

"일어나요."

알이 대답 대신 말했다.

"여기 있으면 죽어요."

"난 이미 죽은 것 같아요."

단단이 말했다. 그리고 웃기 시작했다.

"그런 말 하면 안 돼요."

알이 나무랐다. 그리고 다치지 않은 한쪽 팔로 단단을 부축해서 일으키기 시작했다.

단단은 고통에 얼굴을 찡그렸다. 그러나 비명을 지를 기운이 없었다. 단단은 작고 가벼웠다. 알이 단단을 일으켰다. 단단의 발이 땅에 닿았다.

"걸을 수 있어요?"

알이 걱정스럽게 물었다. 단단은 알에게 의지하며 위태롭게 한 걸음씩 땅을 디뎠다. 한쪽 발에 힘이 들어가지 않았다.

"아저씨도 봤죠?"

천천히 발을 끌어 앞으로 움직이며 단단

이 말했다.

"말하지 마요."

알이 말했다.

"지금은 그런 거 생각하지 마요. 여기서 도망치는 것만 생각해요."

그래서 단단은 알에게 의지한 채 힘이 들어가지 않는 발과 비교적 잘 움직이는 발을 조심스럽게 조절하며 오로지 걷는 데만 집중했다. 시체 무더기를 떠나, 삶이 있는 곳으로.

그녀의 아내가 병원에서 끌려 나간 뒤 계엄군은 병원을 폭격했다. 계엄법에 따른 "전시, 사변 혹은 이에 준하는 국가비상사태"를 연출해야 했기 때문이다.

계엄법

제2조(계엄의 종류와 선포 등) ①계엄은

비상계엄과 경비계엄으로 구분한다.

②비상계엄은 대통령이 전시·사변 또는 이에 준하는 국가비상사태 시 적과 교전(交戰) 상태에 있거나 사회질서가 극도로 교란(攪亂)되어 행정 및 사법(司法) 기능의 수행이 현저히 곤란한 경우에 군사상 필요에 따르거나 공공의 안녕질서를 유지하기 위하여 선포한다.

③경비계엄은 대통령이 전시·사변 또는 이에 준하는 국가비상사태 시 사회질서가 교란되어 일반 행정기관만으로는 치안을 확보할 수 없는 경우에 공공의 안녕질서를 유지하기 위하여 선포한다.

'전시'는 국가 간에 선전포고하고 전쟁이 벌어진 상황을 가리킨다. 사변(事變)은 국가 간에 선전포고 없이 이루어지는 무력 충돌, 혹은 전쟁까지는 이르지 않았으나 경찰의 힘으로는 막을 수 없어 군 병력을 사용할 수밖에 없는 국가적인 난리나 변고를 말한다.

대통령이 계엄을 선포했을 당시, 두 번 모두 국가는 전쟁 상황도 아니고 사변이 발생하지도 않았으며 치안을 유지할 수 없을 정도로 사회질서가 극도로 교란된 상황도 아니었다. 그러므로 계엄을 선포한 자와 이에 참여한 자와 모의에 참여하고 이에 동조한 자들은 전시, 사변 혹은 이에 준하는 국가비상사태를 연출해야 했다. 물론 이는 자신들이 스스로 선포한 포고령에서 금지한 행위였다.

2. 자유민주주의 체제를 부정하거나, 전
   복을 기도하는 일체의 행위를 금하
   고, 가짜뉴스, 여론조작, 허위선동을
   금한다.

불운하게도 자유민주주의 체제를 부정
하고 전복을 기도하는 권력자와 군인들과
가짜뉴스를 퍼드리고 여론을 조작하며 허
위 선동하는 내란동조세력은 아무도 처벌
받지 않았다.

형법 제2편 제1장 내란의 죄

제87조(내란) 대한민국 영토의 전부 또
는 일부에서 국가권력을 배제하거나 국
헌을 문란하게 할 목적으로 폭동을 일

으킨 자는 다음 각 호의 구분에 따라 처벌한다.

1. 우두머리는 사형, 무기징역 또는 무기금고에 처한다.
2. 모의에 참여하거나 지휘하거나 그 밖의 중요한 임무에 종사한 자는 사형, 무기 또는 5년 이상의 징역이나 금고에 처한다. 살상, 파괴 또는 약탈 행위를 실행한 자도 같다.

내란 우두머리는 사형, 무기징역 혹은 무기금고의 형을 받지 아니하고 권력을 유지하며 첫 번째 계엄을 정당화하기 위해 두 번째 계엄을 선포했다. 그러나 내란 우두머리가 일으킨 폭동 외에 전쟁이나 사변 혹은 이에 준하는 국가비상사태는 일어나지 않았다. 그래서 내란 우두머리가 불법적으로 선포한 두 번째 계엄을 정당화하기 위해 모의에 참여하거나 지휘하거나 그 밖의 중요한 임무에 종사한 국방부장관은 '파업 중인 전공의 혹은 의료현장을 이탈한 의료인'을 숨겨주는 병원을 공격하여 '처단'한 뒤에 이를 북한의 소행이라 공표하기로 결정했다. 만에 하나 그 과정에서 북한이 실제로 도발되어 정말로 공격을 감행할 가능성도 계산했다. 폭력과 공포정치로 권력을 유지하고자 도모한 자들은 전쟁이나 사변이 실제로 일어나면 자신들의 목적에는 더욱 알맞을 것이라 여겼다. 내란 모의에 참여하고 지휘하고 그 밖의 중요한 임무에 종사한 국방부장관은 내란 우두머리에게 이러한

내용을 고하였고 내란 우두머리는 이에 동
의했다.

형법 제2장 외환의 죄
제93조(여적) 적국과 합세하여 대한민
국에 항적한 자는 사형에 처한다.
제100조(미수범) 전8조의 미수범은 처
벌한다.

여적죄는 형법에서 유일하게 다른 처벌
이 없이 '사형'만을 규정하는 죄이다. 적국
과 합세하여 국가와 국민에 항적한 혹은 항
적하려 한 자는 죽음을 맞이하지 않았다.
내란도 외환도 일으키지 않은 사람들이 죽
음의 처벌을 당했다.

병원은 폭격당했다. 폭격 당시 안에 있

던 환자와 의료진과 보호자와 직원들은 사망하거나 심하게 부상 당했다. 계엄군이 무너진 병원을 수색했다. 생존자는 모두 영장 없이 체포, 구금되었다.

폭격은 그녀와 그녀의 아내가 체포된 직후 시행되었다. 그녀의 아내는 체포되었으나 구금되지 않았다. 계엄군은 그녀의 아내를 고문해봤자 아무것도 얻을 수 없다는 사실을 빠르게 깨달았다. 그녀의 아내는 아무것도 자백할 수 없었다. 목소리를 낼 기운이 없었기 때문이다. 그녀의 아내는 병실에서 강제로 끌려 나온 순간부터 전혀 아물지 않은 수술 상처와 수액 및 약물을 받아들이기 위해 걸어놓은 몸 여러 곳의 관에서 피와 체액을 흘리며 죽어가고 있었다. 구금시설로 이동하던 중에 계엄군은 그녀의 아내가 차량 바닥이 흠뻑 젖을 정도로 피와 체액을 흘리고 있다는 사실을 알았다. 계엄군은 얼마 가지 않아서 차를 돌려 다시 병원으로 돌아왔다. 폭격당한 병원의 건물 잔해 무더기 위에 계엄군은 죽어가는 그녀의 아내를 내던졌다. 그리고 계엄군은 차를 돌려 떠났다.

그녀의 아내는 폭격당한 건물 파편과 망가진 시신들 속에서 4일 걸려 천천히 죽었다. 4일 동안 그녀의 아내는 그녀의 이름을 부르고 싶었으나 목소리를 낼 수 없었다. 고통과 굶주림과 추위와 목마름 속에서 그녀의 아내는 천천히 생각할 능력도 감각할 여력도 잃었다. 통증과 굶주림과 추위와 목마름과 공포는 모두 고통이었다. 고통에 휩싸인 채 그녀의 아내는 굶주림과 목마름을 달래기 위해 시멘트 가루와 콘크리트 부스러기를 먹었다. 수술 자리에 염증이 생겨 썩어갔고 배액관과 수액관들이 몸에 연결된 자리에서 흘러나오는 피와 체액은 점차 불길한 갈색으로, 검은색으로 변했다. 그녀의 아내는 목이 말랐다. 자신의 몸에서 흘러나오는 체액을 바라보며 그녀의 아내는 핥아먹고 싶다고 생각했다. 생각하기보다는 본능적으로 그렇게 원했다. 그러나 손을 움직일 기운이 없었다. 그녀의 아내는 엎드린 채 입 주위에 있는 시멘트 가루를 핥고 잔해 부스러기를 혀로 굴려 입안에 넣고 씹었다. 나흘째 되는 날에 계엄군이 병원으로 돌아왔다. 순찰하던 계엄군이 그녀의 아내가 건물 잔해 무더기 위에 엎드린 채 머리를 움직이는 모습을 발견했다. 계엄군이 다가와 그녀의 아내 뒤통수에 총구를 대었다. 그녀의 아내는 느끼지 못했다. 그녀의 아내는 아무것도 이해하지 못했다. 그저 입안에 넣은 시멘트 부스러기를 혀로 굴리며 빨아먹을 뿐이었다. 계엄군이 발사했다. 그녀의 아내는 죽었다. 그리고 그녀의 아내는 만신창이가 된 죽은 몸에서 일어나 자신을 죽인 계엄군의 등에 가볍게 올라탔다.

죽은 사람들이 계엄군의 등에, 어깨에, 머리에 올라탔다. 자신이 죽은 몸을 떠났다는 사실을 이해하지 못하는 자들은 계엄군의 허리에, 무릎에, 다리에 매달리기도 했다.

죽은 자들이 일어섰다.

반란군은 포위되었다. 자신이 목숨 걸고 지켰어야 할 국가와 국민에 항적한 반란군은 피해자들에게 소리 없이 산 채로 먹혔다.

그리고 죽은 자들은 반란군이 남긴 총탄과 무기를 들고 원한을 풀기 위해 한 방향으로 움직이기 시작했다.

그들은 죽었고, 인간의 시간은 이제 그들에게 아무 의미도 없었다. 그래서 그들은 천천히 느긋하게 움직였다.

하나의 방향, 하나의 목적을 향해서.

그렇기 때문에 이것은, 어디에도 기록될 수 없었던 이야기이다.

아무도 알 수 없는 이야기

정보라 작가

미래가 없는, 혹은 미래가 어떻게 될지 아무도 알 수 없는 상황을 이야기하고 싶었다.

이 소설을 읽으시는 분들은 다들 아시겠지만 작중에서 일어나는 사건의 절반 정도는 사실이다. 나는 남편의 입원과 수술 때문에 2024년 12월의 대부분을 대구에 있는 병원에서 지냈다. 남편이 입원하기 일주일 전, 수술 열흘 전에 지금은 파면된 반역자가 내란을 일으켰다. 그 주 주말에 서둘러 국회 앞으로 갔는데 특정 정당 국회의원 모두 투표를 거부해서 탄핵안이 부결되었다. 망할 내란정당과 망할 내란수괴와 저주받을 포고령 때문에 남편과 함께 병원에 있는 내내 나는 너무 무서웠다. 특히 의료인을 처단하겠다는 부분이 계속 머릿속을 떠돌았다. 남편이 입원하기 전에는 남편만 걱정되었는데, 남편이 입원하고 나니 같은 병동에서 매일 마주치는 다른 모든 환자도 걱정되기 시작했다.

그래서 이 소설을 썼다. 초안은 지금보다 훨씬 짧았고 병원을 배경으로 수술 전후 '그녀'와 '아내'의 이야기에만 집중했다. 초안을 쓸 때도 무서웠고 완성본을 마지막으로 수정하고 작가의 말을 쓰는 지금도 생각하면 또 무서워진다.

생각난 김에 설명을 덧붙이자면 남편은 간 수술을 받았다. 소설 속에서 그녀의 아내는 폐 수술을 받는데, 나는 폐 수술에 대해서 전혀 모른다. 그녀의 아내가 수술 준비를 하고 수술한 뒤에 일반 병실로 옮겨왔을 때의 모습은 남편이 간 수술을 받은 뒤의 모습을 그대로 묘사한 것이다. 그러므로 의학 지식이 있는 독자님들은 '이건 폐 수술이 아닌데?'라고 생각하실지도 모른다. 작가가 무지한 탓이니 용서해 주시길 바란다.

가습기 살균제 피해자 이야기도 내가 듣고 기

억한 대로 최대한 정직하게 옮겼다. 몇 년 전에 시어머니가 수술을 받고 오래 병원 생활을 하다 마침내 퇴원해서 집에 갈 때 우리를 태워다준 택시 기사님이 해준 이야기다. 나는 데모하면서 배운 예의범절에 따라 사회적 참사 피해자 가족이 피해사실을 이야기하면 무조건 귀 기울여 열심히 들었다. 그래서 택시 기사님이 '검찰총장 그 사람'이 대통령이 되어야 한다고 주장했을 때 나는 굳이 반박하지 않았다. 가습기 살균제 피해자 가족의 이야기를 직접 들은 것도 처음이었고, 3대에 걸쳐 그 피해가 지속되고 있다는 사실을 알게 된 것도 처음이었다. 그래서 나는 오랫동안 택시 기사님의 이야기를 생각했다. 내란수괴가 이런 믿음을 배신했다는 사실을 깨닫고 화가 나기 시작한 것은 탄핵과 파면 이후로도 한참 지난 뒤였다.

탄핵안 가결을 나는 대구 중심가의 국채보상

로에서 집회에 참여한 다른 동료 시민들과 함께 보았다. 국채보상로 왕복 7차로가 꽉 찼고, 탄핵안이 가결되자 모두 다 응원봉을 들고 혹은 들지 않고 일어나서 환성을 질렀다. 승리의 순간을 대구 시민들과 함께해서 영광이다. 그곳이 대구였기 때문에, 일명 '보수의 성지'였기 때문에, 탄핵안이 가결된 순간의 그 환성이 더욱 소중했다. 앞으로 선거 결과 따위가 어떻게 되든 대한민국 현대사에서 아주 중요한 지점에 내가 대구 시민들과 함께 있었다고 생각한다.

내란수괴가 파면되는 장면을 나는 구미에 있는 한국옵티칼하이테크 지회 사무실에서 노조 동지들과 함께 보았다. 그때는 박정혜 동지와 소현숙 동지가 공장 옥상에서 고공농성을 하고 있었다. 만에 하나 파면이 인용되지 않으면 고공농성 하는 동지들이 위험해질 것이라 생각했다. 그런데 서울에서 응원하러 온 동지는 커다란 꽃다발을 사 왔다. 결국은 꽃다발을 사 온 동지의 예상이 맞았다. 꽃다발은 서울에서 온 동지가 옥상에 있는 박정혜 동지와 소현숙 동지에게 올려보냈다. 그때는 고공농성이 곧 끝날 줄 알았다. 우리가 세상을 그래도 조금은 바꾸었을 것이라 믿었다. 한국옵티칼하이테크 해고자들도 고용승계되어 평택으로 가고, 세종호텔 해고자들도 복직하고, 조선소 하청노동자들도 밀린 임금도 받고 가혹한 작업환경도 조금은 개선할 수 있을 것이라 믿었다. 장애인 동지들이 휠체어에서 분리되어 짐짝처럼 끌려가다가 팔다리가 부러지는 야만적인 국가폭력은 이제 없을 것이라 믿었다.

내란은 어떻게든 물리쳤지만 그 후폭풍은 아직 완전히 사라지지 않았다. 우리는 더 싸워야 한다. 계속 싸울 수 있는 세상을 지켜낸 것만은 다행이다. 그러니까 나는 동지들과 함께 계속 싸울 것이다. 투쟁은 헌법에 보장된 권리이지만 내가 지키지 않으면 빼앗기는 권리이기 때문이다. 그것이 내란이 나에게 남긴 교훈이다.

혼(신)으로 일어서는 공동체

황유지 문학평론가

《처단》은 이런 문장으로 실행된다.

> "이것은 어디에도 기록되지 않은 이야기
> 이다."(9쪽)

얼핏 지당하게 수긍되는 명제와도 같은 이 문
장은 SF라는 정보라의 문학적 영토와 '기록'이 배
면에 품은 사적(私的), 사실적 성격이 충돌하며
한 편의 소설을 향해 나아가는 점화의 순간으로
작동한다. 이제 막 소설의 문밖으로 나온 독자는
이 문장에 동의하는 한편 그러기에는 너무도 익
숙한 상황적 전개 때문에 기시감을 초과하는 현
실성마저 느끼며 이야기의 문을 마저 닫지 못한
마음으로 서성대고 있진 않을까. 우리가 아는 현

실에서 단지 한 발짝 더 뗐을 뿐인데 그 발밑은 천 길 낭떠러지라는 지독히 사실적인 그림. 정보라의 SF가 섬뜩한 이유는 단 한줄기의 서사만을 비틀었을 뿐이라는 점으로부터 육박해온다. 이렇게 말하는 게 허락된다면 이 소설은 '르포르타주-SF'다.

정보라는 스스로 극사실주의 작가라 말한다.◆ 그의 말에 기댈 때 저 문장은《처단》이 지극히 현실적인 SF라는 것, 승자 중심의 역사가 기록하지 않는(않을) 이야기라는 것과 함께 산 자의 이야기만으로 소급되지 않을 것임을 축약한다. 문학은 언제나 역사의 기록보다 기민한 움직임의 조건 속에서 현재를 수립하며 그러한 정본의 역사가 제출하지 않은 문장들을 뒤돌아보며 추

◆ 정보라, 《아무도 모를 것이다》, 〈작가의 말〉에서, 퍼플레인, 2023.

스른다.

　근자에 한국 사회는 '시민'이라는 단어가 함의하는 정치성을 과도하게 돌출시키며 흘러가는 중이다. 2000년대로만 한정한다더라도 그 기점을 어디로 잡을 것인가 더듬어보자면 연쇄적으로 달려 나오는 참사의 목록에, 우리의 정치적 삶이 어째서 이토록 부당한 방식으로 누군가의 목숨을 희생양 삼아 융기해야 했던가 말문이 막혀 머뭇대게 되지만 그러한 부정의의 방점이 2024년 12월 3일에 찍히는 데는 별 이견이 없을 것 같다.

　《처단》은 그날을 배경으로 한다. 그리고 정보라의 현실에서 '2차 비상계엄'은 극악무도한 방식으로 자행된다. 이 소설의 서사가 긴박한 몰입감을 선사하는 이유가 지난한 현실의 더블(Double)이기 때문임은 우리의 트라우마로서 확인되는 것이다. 그리하여 소설은 피해자의 트라우마를 건드리지 않고 기록하는 '거짓말'로 SF를 유려하게 채택하며[◆] 동시에 현실을 향한 경고로 제출된다. 신념으로서 SF는 사회적 의미에 대한 재사유를 위한 것임을[●] 상기할 때 이 이야기는 그런 일은 오직 소설 속에서만 일어나야 한다는 간곡한 소망으로 써 내려간 것처럼도 보인다. 그 것은 결코 쉬 봉합되지 않을 우리 사회의 상흔을 염려하는 자의 주문을 닮았다. 이 서사는 현실에 서 출발하고 현실을 초과한다.

◆ 정보라, 〈잔혹한 공포 '전설의 고향'서 영향받았죠〉, 2022. 5. 13. 인터뷰 참고.
● 셰릴 빈트, 《에스에프 에스프리》, 전행선 옮김, 아르떼, 2019. 197쪽.

　　수거: 거두어 감

　　용례: 쓰레기 수거

굳이 표준국어대사전을 찾지 않아도 되는 상식일
진대, 우리는 이 단어가 사람의 이름이나 특정 단
체의 명칭과 붙을 수 있음을 누군가의 수첩을 통
해 보았다. 그러나 국가의 사적 편취에 눈먼 자에
복종하기 위해 작성된 선무당의 수첩으로부터 꺼
내 정보라에게 이식된 이름의 목록은 결을 달리
한다. 거대 야당이나 힘을 가진 단체였던 그것은
차라리 불린 적 없는 이름들이다. 정보라는 허약
하고 지친 이름들을 자신의 수첩에 각인한다.

　　노동조합원과 조합 상근자인 '그녀'와 '그녀의
아내'는 여러 광장과 행진에서 마주친 '데모 동지'

다. 첫 문장을 지나자마자 마주한 것이 "그녀"와 함께 있는 그녀의 "아내"(9쪽)인 게다. 정공법으로 천연덕스럽게 돌진하는 문장에서 우리는 둘의 조합이 정상성 문법의 규율 사회로부터 배제되기에 십상인 최약체임을 어렵지 않게 짐작한다. 〈지향〉◆의 그녀들을 연상시키는 이들이 반가울 새도 없이 병원이란 조건은 난공불락의 처지를 더욱 궁색하게 몬다. 병원에 있다는 신체적 허약성은 그들의 결합이 '그녀'를 '아내'의 '보호자'로 세울 수 없다는 사회적 허약성에 겹쳐 폐가

◆ 해당 소설 속 그녀들은 애인이 아니라 동지다. 그러나 '강(杠)'의 죽음을 알게 되는 것으로 시작하는 소설은 그녀들이 어디선가 어떤 식으로든 조우하게 되기를 막연히 바라게 한다. 동지의 이름을 깃대를 뜻하는 '강(杠)'으로 표기한 것은 그의 삶과 죽음을 인수하려는 정보라식의 애도이지 않을까 헤아려본다. "집에 가기 전에 강은 직접 만든 피켓을 나에게 맡긴다. 나는 강에게 다음 집회 때 피켓을 돌려주겠다고 약속한다." 이것이 그들의 마지막이었다. 정보라, 《작은 종말》, 퍼플레인, 2024, 31~32쪽.

굳어가는 아내가 더 이상 일하지 못할 처지라는 자본의 허약성에 대한 예고에 이르기까지 켜켜이 죄어오는 것이다.

그녀는 아내의 보호자가 아니다. 그녀는 "아내의 '간병인'이었다. 의사에게는 친척이라고 말했다"(23쪽). 간병인은 통상 직업적으로 부여된 역할이지 관계를 드러내는 용어로 쓰이지 않는다. '보호자'야말로 '정상 가족'과 가족 간병을 당연시한 결과로 두루뭉술하게 송출된 단어인 것이다. 보호자라는 말이 등장하는 방식과 맥락에는 법률이 요청하는 법적 주체, 시민의 요건이 뭉근하게 배어있다. 정신적으로나 신체적으로 '정상성'에 미달, 미성숙한 자는 보호자가 필요하다는 건데, 게다가 병원에서 호출될 때는 서류의 책임과 치료비 정산 등 병원의 리스크 관리 차원으로 소급되는 개념으로 변용된다. 차별금지법제

정연대가 개념화한 '운명을 기댈 권리'와는 너무도 동떨어진 호출인 게다. 그마저도 그녀는 아내가 수술실로 들어가버리자 병원 내에서 탈각된다. 간병인으로서 역할마저 정지되니 그녀가 머물 자리도 동시에 납작하게 접혀버린다. 그녀는 갈 데가 없다. (보호자의 사인 등) 자신을 기재할 지면도 기립할 공간도 없다는 것은 그녀의 사회적 표상이나 마찬가지다. 분명히 존재하지만 온전한 자신으로는 표류할 수밖에 없는 그녀의 불안에 정치적 혼란이 중첩된다.

애초 12월 3일이 세계 장애인의 날이었음을 그런 방식으로 알고 싶었던 이는 아무도 없다. 비상계엄은 단 하루(이 역시 표면적이지만) 장애인의 날마저 빼앗아 간 셈이다. 거기에 더해 '2차 비상계엄'은 계엄군과 함께 소설의 현실로 침투한다.

"장애인 콜택시는 계엄령과 함께 운행이 중단되었다. 일반 택시는 대부분 휠체어 사용자를 태우려 하지 않았다. 전동휠체어는 일반 택시에 들어가지 않았다. 장애인 활동가들은 저상버스를 기다려서 타거나 지하철을 이용해서 사무실로 이동했다."(65~66쪽)

르포르타주-SF의 문장은 버석거리는 현실의 냉랭함과 건조함을 그대로 옮긴다. 저 문장의 어디에 허구가 있을까. 지난한 현실 앞에 계엄이라는 폭압은 누군가의 취약성을 한 겹 더 발가벗길 따름이다. Vulnerability, 취약성으로 번역되는 이 단어는 상처받을 가능성을 향해 한껏 열려있다. 이들을 휠체어에서 강제로 내리고 던지는 행위는 비유적이 아니라 다리를 절단하는 일이기도 하다. 만약 갑자기 걸을 수 없게 된 자의 집에 불이 난다면 그 전과는 완전히 다른 공포를 체현할 거라는 식의 짐작만으로 닿기에는 턱없이 부족해서 그런 폭력은 더 깊은 죄가 된다.

쉽게 상처받을 수 있는 존재는 곳곳에 있다. 이주노동자의 이름은 원래 다른 것이었지만 "한국 사람들이 발음하기 어려워해"(40쪽) '알'로 삭제, 변형된다. 가뜩이나 학력, 직업, 나이, 장소나 차림새에 따라서도 달라지는 우리 사회 내 호명의 방식에는 계급과 계층, 자본과 세대의 문제가 지저분하게 착종 되어 모호하기만 한데, 이주노동자의 이름은 그 주인과 상관없이 호명 주체의 입말에 편하게 재단된다. 대학원에 진학하고 가정도 꾸리며 귀화를 마친 알의 한국어 실력은 유창하지만 여전히 제대로 된 이름을 되찾지는 못한다. 이름은 타자에 의한 부름인 것이다. 이름이 협소하게 재단되는 것이 알의 존재에 대한 유비이듯 학교 밖 성소수자 청소년 '단단'은 삭제되는 방식이 존재를 유지하기에 유리하다는 걸 깨우친 이다. 여러모로 '보호자'가 필요해 보이지만 그를 보호할 어른은 부재한다. 어째서 배제되는 것이 삶의 지속과 연동되어야 한단 말인가.

시민이면서도 내내 권리 앞에 누락된 자들, 그러나 여기서 알과 단단이 (영상) '기록'하는 자들이라는 것에 눈길이 머문다. 우리 사회 내에서 '입 없는 자'로 치부되는 이들에게 작가가 널리 말할 입을 주는 장면이기 때문이다. 알이 실천과 이론 사이의 연결을 고민하는 자라는 것, 단단이 광장의 응원봉과 깃발의 연대를 아는 자라는 것은 작가가 이들을 신뢰하는 근거인 동시에 그들의 자원이기도 하다.

극우 선동가의 정치 집회 현장에서 카드발급

으로 후원금을 인출하는 사례나 음모론으로 핸드폰 통신망의 안전성을 내세우며 가입을 요구하는 이들에게 동지들과 집회는 수익모델 창출과 자본의 환산이라는 미국식 천민자본주의의 사실적 장면을 그릴 때조차 그들 역시 "억울한 사람"(100쪽) 없는 세상을 원했던, '배신'당한 자들임을 말함으로써 진영의 편을 가르거나 혐오의 정동을 생산하지 않으려는 작가의 펜 끝이 퍽 사려 깊다.

그런가 하면 간호사 '양'은 한 사람이라기보다는 의사, 간호조무사, 환경미화원 등 병원 내 손길들의 집합명사와 같은 인물로 설정되어 돌봄의 문제를 톺아보게 한다. 특히 그(들)의 고단하고 방대한 업무의 범위에서 쉽사리 놓칠 뻔했던 건 그가 이야기를 들어주는 사람이라는 점이다. "'아가씨'나 '저기요'나 '언니야'나 심지어 '어이'라고” 불리며 “별 얘기를 다”(93쪽) 듣는 자는 끝내 자신의 임무를 온전히 살아내는 인물이다. “군인이 총을 드는 것을 보는 순간 1208호 환자의 얼굴을 몸으로 감”(105쪽)싸는 양의 행동은, 마치 눈 속에서 살고자 썰매와 하인을 두고 떠나지만 어찌 된 일인지 돌고 돌아 다시 얼어 죽어가는 하인 니키타 앞에 선 톨스토이의 인물 브레후노프를 떠올리게 한다. 다시 선 니키타 앞에서 일말의 지체도 없이 자신의 허리띠를 풀고 외투의 섶을 벌려 온몸으로 그를 덮어 숨을 내어주는 이야기는 최후의 순간마저 환자에게 어깨를 내어주고 숨을 거둔 양 간호사에게 포개지며 엄숙하리만치 깨끗한 돌봄의 정수를 보게 하는 것이다. 그가 마지막으로 뱉은 말은 이런 것이었다. “저한테 기대세요”(118쪽).

3. 고통의 공동체

"연대하는 사람들은 어디에나 있었고 어
디서나 달려왔다."(58쪽)

이런 연대는 어떻게 가능할까? 아프게도 그 동
력에는 정의와 사랑 외에 고통이라는 감각에 대
한 공감이 크게 작용하는 것 같다. 고통은 육체
적으로나 정신적으로도 개인의 고독을 확인하게
끔 하는 고유의 감각으로서만 체험된다. 그럴진
대 어째서 우리에게 고통이 공통 감각(Common
sense)으로서 감지, 인식되어야 한단 말인가. 삶
이 고통의 바다라는 작가는 고통은 타인이 대신
겪어줄 수도 없고 정확한 용어로 설명되지도 않
는 것을 알지만◆그럼에도 고통을 쓰려는 자다.
감히 헤아릴 수 없을 것이라는 저어함은 SF 속에

서 고통을 공유하고 어루만짐으로써 문학적으로 흡수, 변용된다. 그런 방식은 정보라의 SF가 증언의 가능성을 향해 열리는 지점이기도 하다. 고통의 기록 불가라는 언어의 한계를 SF로 넘을 때 존재의 경계는 산술을 포기하며 불가능을 지우기도 하는 것이다. 그러면서 전체 정치에 대한 공포는 내내 비가시적으로 잠복해있던 우리의 연결고리를 수면 위로 밀어 올리며 고통의 공동체를 발족시킨다. 안타깝게도 우리는 가장 잔혹한 방식으로 공동체를 확인하는 것이다.

거기에 여태 고통받는 가습기 살균제 피해자들이나 서울 중심의 정책과 사유가 만드는 불균형한 정치·경제적 지형도 속에서 이중 소외되는 사람들과 같은 그의 목록은 일목요연한 카테고리

◆ 〈닿을 수 없는 고통을 SF에 담는 '미미한 작가'〉, 참여연대 매거진, 2023. 10. 27.

화를 거부하고 뛰쳐나간 광장과 행진의 목록처럼 숱한 지류를 형성한다. "계엄 정권과 반역자들"은 잊었지만 "서울이 아닌 곳에도, 대도시가 아닌 지역에도 사람이 산다"(56쪽)는 문장에서 보듯 삶과 투쟁은 수도와 지방, 도심과 변두리, 오피스와 건설 현장, 농장 어디에도 있다는 당연한 사실을, 그렇게 각자의 방식으로 싸우는 사람들이 있음을 작가는 혹여나 놓칠세라 촘촘히 들여놓는다. 그 목록들은 모두 동지들의 이름이다.

"아내가 수술실에서 나오는 때를 기다리던 순간으로 돌아갈 수 없다면 하다못해 이 순간으로 돌아가고 싶다고 그녀는 생각했다. 총을 쏘기 전, 바로 그때에 머무르고 싶다고 그녀는 진심으로 그리워했다."(112쪽)

조지 오웰의 주인공 윈스턴이 골동품 가게에서 산 크림색 노트를 경유해 더듬으려던 것은 과거, 혁명 전의 삶이었다. 수술실에 들어간 아내를 기다리며 끊임없이 병원을 배회하던 그 순간을 그리워하던 그녀는 시체 더미가 옥죄어오자 감옥 안에서 사람들과 떨었던 순간을 그리워한다. 극한의 고통 앞에서 융기한 것은 '함께'라는 단어였다.

4. 가장 한국적이고 문학적인 복수, 혼

"과거가 현재를 도울 수 있는가, 죽은 자가 산 자를 구할 수 있는가."

우리에게 기도문처럼 당도한 이 문장은 기억하듯

한강의 노벨문학상 수상 소감이다. 그것은 주어와 목적어를 치환해도 성립하는 웅숭깊은 질문이다. 소설의 결말이 왜 혼의 모습으로 열려야 했는지에 대한 답은 이 문장의 사유와 공명한다.

　시민들은 극한의 공포 앞에서 단말마의 비명이거나 그마저도 소거 당한 채 죽임을 당한다. 제대로 되지 않은 절차 없고 맥락 없는 죽음이다. 한 사회가 자의적이고 견고한 구획을 짓고 부적당하다고 거부한 자들을 '처단'한다. 그러니 이들은 '부정된 자'들이다. 유령이 죽음이라는 부정을 뚫고 '돌아오는 자(re-venir)'라는 레비나스를 조금 변형한다면 혼령은 그 뜻에 더해 '거기 있는 자'이기도 하다. 토속적 원귀란 생의 일면을 부정당함으로써 죽음으로 건너가지 못하고 거기 있지 않나. 정보라는 이들에게 약자가 가장 거대해지는 방법, 공포를 무기로 들려주며 복수를 감행한다[*] 공포는 딱히 가시성을 요구하지 않으면서도 되레 그 비가시성, 혼몽의 상태를 연출함으로써 존재의 내재적 불안을 상기하고 그럼으로써 주체의 자유를 속박한다는 점에서 힘이 세다. 거기에 혼령은 가부장제 권력을 세습한 자들[*] 이 가장 두려워하는 것이 대가 끊기는 일, 씨족의 절멸임을 잘 알고 있지 않나. 그것을 예감하게 하는 것만으로도 혼령의 복수는 피 한 방울 없이 완수할 가능성을 확보한다. 본디 공포란 뒤집힌 현재, 미완의 욕망이 배태한 양상적 존재이기에 숭고하

[◆] "약자가 위협받게 되면 얼마나 무서워지는지" "제일 쉽게 무서울 수 있는 게 복수였다." 한국경제 〈정보라 작가, "잔혹한 공포 '전설의 고향'서 영향받았죠"〉

[●] 어느 한쪽의 성별을 지칭하지 않는다. 가부장제의 악습은 성별과 관계없이 학습되기 때문이다. 그런 학습은 남성뿐 아니라 다수의 여성에게도 '대를 잇는 것'을 필생의 사명으로 각인시켜왔음을, 특히 한국 사회가 아직 그런 일에 집착한다는 것을 우리는 잘 알고 있다.

기까지 한 그것은 초월이 아니라 환상을 경유해 세계를 전복하는 상상력, SF의 힘이 된다.

혼령은 어쩌면 이 모든 사태, 정치적 올바름을 초과하는 육체성에서조차 경계를 지워나가는 작업이라 말할 수 있겠다. 공포의 조성은 기실 오랜 민담과 전설이 가진 민족적 '정서'에 기대는 가장 선량한 방식일지도. 그러니까 한국의 혼령은 종교적 색채를 띤 악귀(Devil)와 달라서 사태의 결과를 따져 묻고 응징하는 것보다 더 깊은 정동에 기댄다. 그런 정동 아래서 자고로 죄지은 자들은 발 뻗고 잠들지 못한다. 이 역시 선한 마음에 대한 끈질긴 믿음의 자장 안에 있는 게 아닐까.

'Break the story(이야기를 깨뜨리다)!'라는 표현은 어떤 이야기를 맨 처음 하는 사람에게 부여된다. 리베카 솔닛은 기존의 것을 깨뜨리는 이야기는 주변부에 있다면서 거기에 더해 방금 일어난 이야기를 가져오라 말하는데,[*] 저널리즘을 위시한 이 말은 그 자리에 《처단》을 놓을 때 아귀가 딱 들어맞는다. 방금 일어났고 그러나 아직 미결인 일에 대해 정보라는 날래게 쓴다. 그가 고통을 남의 것으로 여기지 않기 위해 택한 방식 역시 거기에 (함께) 있는 것 그리고 쓰는 것이니까.

《처단》은 위반 세력의 처단이라는 조항을 완전히 전복하여 가장 문학적으로 행사하는 정보라식 단죄다. 작가는 혼령이 그러하듯 '거기 있음'으로, '지켜보고' '쓰는' 자다. 이 책이 출간될 때는 전 대통령의 내란우두머리죄에 대한 1심 선고 이후겠지만 그것이 어떤 방식이든 이보다 더욱 지독한 처단은 되지 못할 것이다. 눈치 보지 않는 입들, 거기 있는 자들로 인해 우리의 현실은

◆ 리베카 솔닛, 《이것은 이름들의 전쟁이다》, 김명남 옮김, 창비, 2018, 288~290.

결코 만만하게 부정의 쪽으로 흘러가지만은 않을 것임을 믿는다. 그런 믿음은 이 소설의 혼이 일어서는 그림, 폭압의 어깨에 올라타는 전개가 가리키는 것이 진짜 정치 주체의 기립과 억압 공동체의 연대라는 데서 발아한다. 눈을 부릅뜬 공동체에 죽은 자와 산 자가 따로 있을 리 없다. 역사와 국가를 법과 국민을 일하는 사람과 여린 이들을 편취하고 윽박지를 때 시민은 언제든 그들의 어깨에 올라탈 것이다. 그때, 죽은 자가 산 자와 과거가 현재와 손잡을 것이다. 우리가 혼을 다해, 온몸으로 일어서는 순간이다. 우리는 복수형으로 거기 함께 있는 자'들'이다.

이것은 정보라가 보내는 경고장이다. 그래서 이 잔혹한 이야기는 슬프게 희망차다.

처단

초판 1쇄 인쇄 2026년 3월 3일
초판 1쇄 발행 2026년 3월 11일

지은이 정보라
펴낸이 고영성

책임편집 고나희
디자인 이화연

펴낸곳 ㈜상상스퀘어
출판등록 2021년 4월 29일 제2021-000079호
주소 경기도 성남시 분당구 성남대로 52, 그랜드프라자 604호
팩스 02-6499-3031
이메일 publication@sangsangsquare.com
홈페이지 www.sangsangsquare-books.com

ISBN 979-11-24248-23-2 03810

2차 저작권 관리 및 작가 전속사 그린북 에이전시